국회외전
國會外戰

서현준

국회외전 國會外戰

초판 1쇄 발행 2022년 03월 25일

지 은 이	서현준
발 행 인	권선복
편 집	권보송
디 자 인	서보미
전 자 책	오동희
발 행 처	도서출판 행복에너지
출판등록	제315-2011-000035호
주 소	(157-010) 서울특별시 강서구 화곡로 232
전 화	010-3267-6277, 02-2698-0404
팩 스	0303-0799-1560
홈페이지	www.happybook.or.kr
이 메 일	ksbdata@daum.net

값 17,000원

ISBN 979-11-5602-999-1 (03810)

Copyright ⓒ 서현준, 2022

도서출판 행복에너지는 독자 여러분의 아이디어와 원고 투고를 기다립니다. 책으로 만들기를 원하는 콘텐츠가 있으신 분은 이메일이나 홈페이지를 통해 간단한 기획서와 기획 의도, 연락처 등을 보내주십시오. 행복에너지의 문은 언제나 활짝 열려 있습니다.

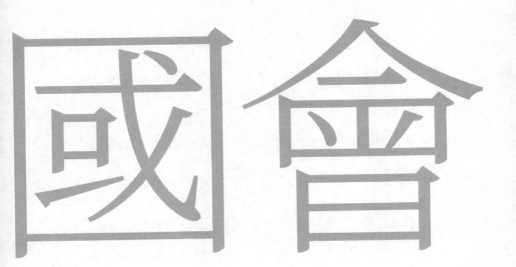

소설

국회외전

서현준 지음

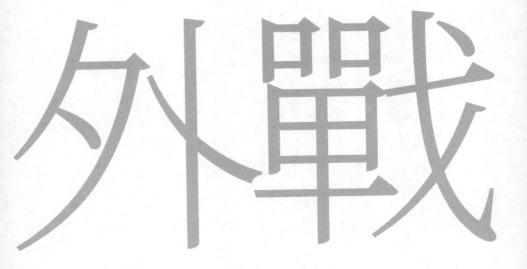

...

저자는 정당과 국회에서 일했고 지금은 대학에서 가르치고 있다.
여의도에서 보고 느낀 것들을 소설로 썼다.

국회의원이 되기 전에는 모두들 한가락씩 하던 사람들이었다.
한 사람 한 사람 뜯어보면 충분히 존경받을 만한 사람들이었다.
그런데 국회의원만 되면 쌍욕을 먹었다.
그 이유가 너무 궁금했다.
결론은 잘못된 정치였다.

돈을 준다고 안 될 일이 되고,
돈을 안 준다고 될 일이 안 되지 않는 세상.
힘이 있다고 안 될 일이 되고,
힘이 없다고 될 일이 안 되지 않는 세상.
권력이 있다고 안 될 일이 되고,
권력이 없다고 될 일이 안 되지 않는 세상.
명예가 있다고 안 될 일이 되고,
명예가 없다고 될 일이 안 되지 않는 세상.

학벌이 좋다고 안 될 일이 되고,

학벌이 없다고 될 일이 안 되지 않는 세상.

인맥이 좋다고 안 될 일이 되고,

인맥이 없다고 될 일이 안 되지 않는 세상.

재물이 있다고 안 될 일이 되고,

재물이 없다고 될 일이 안 되지 않는 세상.

외모가 좋다고 안 될 일이 되고,

외모가 안 좋다고 될 일이 안 되지 않는 세상.

금수저라고 안 될 일이 되고,

흙수저라고 될 일이 안 되지 않는 세상.

용철이는 이런 세상을 꿈꿨다.

이런 세상이 오기 전까지 국회 밖에서 벌어지는 전쟁은 계속될

것이다.

"이런 이야기를 들었어."

권력의 쟁투가 사람의 목숨까지 요구했던 암울한 시절이 있었지. 그 살벌한 시대를 끝내버린 자가 나타났어. 처음엔 그를 현대판 '브루투스'라고 했지. 그런데 그의 신세가 '슈타우펜베르크'로 바뀌었어. 곧 죽임을 당했기 때문이지.

많은 사람들이 그의 구명운동을 벌였는데 진짜 아이러니한 일이 벌어졌어. 그로 인해 종말을 맞은 권력으로부터 큰 고통을 당했던 거인이 있었는데… 거인과 생사고락을 함께했던 사람으로부터 이런 이야기를 들었어. 거인은 그의 구명을 위한 동의서에 사인을 하지 않았다는 거야. 처음엔 이해가 가지 않았어.

그런데 거인에게는 원칙이 있었는데. 목적이 정당해도 불의한 방법이 동원되는 것에는 동의할 수 없었다는 거야.

목적을 위해서는 수단과 방법을 가리지 않는 사람들이 많은 이때 거인의 원칙을 곱씹어볼 필요가 있다고 생각해.

* '마르쿠스 유니우스 브루투스'는 고대 로마에서 '율리우스 카이사르'의 암살을 주도했다.

* '클라우스 폰 슈타우펜베르크'는 2차 세계대전 당시 독일 나치 독재자 '아돌프 히틀러'의 암살을 기도했지만 실패했다. 그는 베를린에서 처형됐다.

추악하게 아름답게 ——————— 3장

눈먼 돈 눈 달린 돈 ——————— 4장

공수래 공수거 ——————— 5장

1장

/

소년의
세상

보이스카우트

토요일 오후 한적한 시골 국민학교 운동장. 아이들이 바글바글 거렸다. 그들은 저마다 제복을 갖춰 입고 뽐을 내면서 분주하게 움직였다. 커다란 배낭을 둘러메고 아이들은 텐트를 조립했고 저녁시간에 태워 없앨 장작더미를 쌓고 있었다. 아이들 얼굴에는 기대와 설렘이 가득했다. 아이들을 지도하는 선생님들은 이곳저곳을 다니면서 아이들이 장작 쌓는 일을 도와주기도 했고 텐트 세우는 일을 돕기도 했다. 이날은 용철이가 다니는 국민학교에 보이스카우트와 걸스카우트 대원들이 1박2일 캠핑을 하는 날이었다.

같은 시간 용철이는 학교 담장 밖에 세워져 있는 조그마한 트럭의 짐칸에 올라가 따가운 태양 아래에서 담장에 몸을 기댄 채 벌써 두 시간이 넘도록 친구들의 모습을 지켜보고 있었다. 담장 안에 우뚝 서 있는 이순신 장군의 동상이 용철이의 시야를 가렸지만 동상이나 트럭을 다른 자리로 옮길 수가 없었기에 그저 어깨를 이리 저리 움직이면서 친구들의 모습을 바라볼 뿐이었다. 친구들이 세우고 있는 텐트는 얼추 마무리가 됐다. 그리고 캠프파이어 시간에 불을 붙일 장작더미도 아주 멋지게 만들어졌다.

친구들이 저녁식사를 준비했다. 코펠을 들고 분주히 움직였다. 버너에 불을 붙여 밥을 지었다. 카레 특유의 냄새는 발도 달리지 않았는데 용철이가 기대어 있는 담장으로까지 넘어왔다. 점심식사를 챙기지 못한 용철이는 허기진 배에서 들려오는 꼬르륵 꼬르륵 소리를 들었지만 친구들이 삼삼오오 모여 앉아 맛나게 저녁밥을 먹는 모습을 그저 바라만 볼 뿐이었다. 용철이는 평소 친구들과 함께 뛰어놀던 저 널따란 운동장에서 함께 텐트도 치고 밥도 짓고 장작도 쌓고 싶었지만 집이 가난한 탓에 보이스카우트 대원이 될 수 없었다.

담임선생님은 교실 청소를 위해 반장과 부반장에게는 대걸레를 사오라고 했고 분단장들에게는 빗자루를 사오라고 했다. 나라가 가난한 때여서 학교에 청소용품이 제대로 지급되지 못하던 시절이었다. 그래서 학급의 간부들은 반강제적으로 청소용품을 기증해야만 했다. 학급에서 1등을 하면 반장이 되었고 2등을 하면 부반장이 되었다. 용철이는 시험을 보면 반에서 늘 1등을 했기에 대걸레를 사와야 했지만 빗자루를 가지고 갔다. 대걸레를 가지고 갈 만한 여력이 안 되었기 때문이다. 가방을 메고 집을 나서며 대문

구석에 세워져 있는, 평소 어머니가 사용하시던 빗자루를 들고 갔다.

그날은 오후반이었다. 학생은 많고 교실은 부족해 오전과 오후로 나누어 수업을 했다. 오후반이었지만 오전에 딱히 할 일이 없던 용철이는 빗자루를 어깨에 메고 일찌감치 학교에 갔다. 용철이보다 더 일찍 학교에 온 친구들도 있었다. 오전반 친구들의 수업이 끝나기를 기다리는 동안 대걸레를 들고 온 분단장 친구와 칼싸움을 했다. 분단장은 빗자루를 가져와도 되는데 엄마가 굳이 대걸레를 사주셨다고 친구는 말했다. 당연히 용철이의 빗자루가 불리했다. 자루의 굵기부터 달랐다. 힘없는 빗자루가 그만 부러져 버렸다. 집에서 쓰던 빗자루. 게다가 자루까지 부러진 빗자루를 받아 든 담임선생님의 얼굴이 일그러졌다. 아이들은 배꼽을 잡고 웃었다. 용철이의 얼굴이 홍당무가 되었다. 선생님은 용철을 야단쳤다. 용철은 입을 비죽이며 가만히 듣는 체를 했다. 빗자루를 부러트린 주범인 분단장 친구는 아무 말을 듣지 않았다. 분한 마음이 들었다.

저녁식사를 마친 보이스카우트와 걸스카우트 친구들이 장작에 불을 붙였다. 장작이 훨훨 타오르자 친구들은 환호성과 함께 박수를 쳤다. 트럭 짐칸에서 용철이도 박수를 쳤다. 이글거리며 타고 있는 장작불을 중심으로 친구들은 빙글빙글 돌면서 춤을 추었다.

그들의 모습을 바라보고 있던 용철이의 장딴지에도 힘이 들어갔다. 몇 시간째 트럭 짐칸에서 홀로 있던 용철이는 친구들이 모두 텐트로 들어간 뒤 텅 빈 운동장을 확인하고는 밤하늘의 반짝이는 별을 세면서 집으로 향했다.

"용철아. 어디 있다가 지금 오는 거니? 엄마가 얼마나 걱정했는데. 밥 안 먹었지?"

부엌에서 용철이 밥상을 준비하시는 어머니의 말씀에 용철이는 대꾸도 하지 않고 방으로 들어갔다. 방 공기에서 한기가 느껴졌다. 양말도 벗지 않은 채로 아랫목에 하루 종일 깔려 있는 담요 밑으로 기어 들어갔다. 구들장 가장 따뜻한 자리에는 밥을 담은 밥그릇들이 옹기종기 모여 있었다. 용철이는 밥그릇을 조심조심 발로 밀어냈다. 그 자리에 두 발바닥을 대고는 잠이 들었다.

웅변

반공 웅변대회가 한창이던 시절이었다. 용철이와 가까운 친구인 종완이는 아침 조회 때 교장선생님이 말씀하시는 자리에 서서 "미친 개는 몽둥이로 때려잡아야 한다"며 아주 큰 소리로 외쳤다. 그리고 두 손을 하늘로 향해 뻗었다. 운동장에서 실내화 주머니를 흙바닥에 깔고 앉아 있던 전교생은 우레와도 같은 박수를 보냈다. 용철이는 그런 종완이의 모습이 너무도 멋있게 보였다.

집에 돌아온 용철이는 거울 앞에 섰다.

"미친 개는 몽둥이로 때려잡아야 합니다."

어색했다. 종완이보다 더 힘차게 두 팔을 방 천장을 향해 뻗었다. 그래도 어색했다. 그러나 계속 연습하면 잘할 수 있을 것이라 믿고 웅변원고를 써내려갔다.

블록 벽돌로 지어진 용철이네 집은 외풍이 심했다. 그리고 추운 겨울에는 방 안 공기가 몹시도 건조했다. 가습기도 없던 시절이라 세숫대야에 물을 가득 담아 방 윗목에 두면 밤새 살얼음이 뜰 정도였다. 외풍을 막고자 용철이 아버지는 사방 벽면에 달력을 덕지덕지 최대한 많이 걸어놓았다. 용철이는 벽면 습기에 젖지 않아 그런대로 상태가 괜찮은 달력을 골랐다. 뒤집어 걸어놓은 지난달 달력을 다시 앞으로 넘겨 한 장을 부욱 뜯었다. 방바닥에 배를 깔고 연필심에 침을 발라 달력 뒷면에 열심히 웅변원고를 써 내려 갔다. 한참을 쓰고 읽어보았는데 얼굴이 화끈거렸다. 아침에 종완이가 절규하며 외쳤던 기억을 더듬어 다시 써 내려갔다. 이번에는 종완이의 것과 너무나 비슷한 것 같아서 영 마음에 들지 않았다. 이렇게도 써 보고 저렇게도 써 보았지만 종완이의 웅변원고를 도무지 따라잡을 수가 없었다. 용철이는 연필을 손가락에 낀 채 잠이 들어 버렸다.

다음 날 학교에서 종완이에게 물었다.
"웅변원고는 어떻게 쓴 거야?"
"웅변학원 원장님이 써 주셔서 나도 몰라."

종완이의 멋진 웅변 원고가 어떻게 탄생됐는지 그제서야 알았다.
용철이는 웅변을 포기하기로 했다.

어머니합창단

　용철이가 다니는 국민학교에는 어머니합창단이 있었다. 합창단원이 되기 위한 오디션 같은 것은 필요 없었다. 반장과 부반장의 어머니여야 단원이 될 수 있었다. 용철이 어머니는 아들을 반장으로 둔 덕에 원하지도 않는 어머니합창단원이 되었지만 직장 일을 하느라 합창단 모임에 참석을 할 수가 없었다.

　5학년 3반 담임선생님은 올해 초 인천에서 시골로 전근을 오신 멋쟁이 여선생님이었다. 어느 날 선생님이 용철이를 불렀다.

　"용철아. 엄마는 왜 학교에 안 오시니?"
　"일을 하셔서 오실 수가 없어요."
　"아들보다 중요한 일인가 봐. 아들 덕분에 합창단원이 되었으면 오셔야 하는 것 아니겠니? 내일 학교에 좀 오시라고 해라."

하루 종일 일하고 파김치가 되어 집으로 돌아오신 어머니에게
용철이가 말했다.

"선생님이 학교에 오시래요."

다음 날 어머니는 박카스 세 병과 피로회복에 좋다는 알약 세
개를 약국집 약봉지에 담아 수업이 끝나는 시간에 맞춰 학교를 찾
았다.

"선생님. 먹고사는 게 바빠서 찾아뵙지도 못했습니다."
"용철이 어머니. 우리 학교 어머니합창단 아무나 못 하는 것 아
시죠? 아들 얼굴을 봐서라도 참석하셔야죠."
"죄송합니다. 앞으로 가능한 참석하도록 하겠습니다."

선생님은 다음 날 점심시간에 용철이를 교무실로 불렀다.
"용철아. 내가 네 엄마한테 박카스 얻어먹으려고 오라고 한 줄
아니? 전에 있던 학교에서는 수업이 끝나면 엄마들이 겨울이면
따뜻한 커피 여름이면 얼음이 둥둥 떠 있는 시원한 냉커피를 타오
고 그랬는데 시골학교에 오니 그런 것도 없고. 퇴근하고 집에 가
면 하루 종일 온통 먼지만 코에 들어가서 코를 풀면 새까만 코가
나와. 아주 더러워 죽겠어. 하기야 내가 너한테 말해봐야 뭐 하겠니.
가봐."

며칠 후 용철이와 같은 반 친구인 병아가 용철이 집에 놀러왔다.

"아줌마. 우리 선생님이 용철이 맨날 혼내요."

용철이 어머니는 말없이 한숨을 쉴 뿐이었다. 용철이가 왜 그런 대접을 받는지 알아도 아무 것도 해줄 수 없는 부모의 심정으로 속만 푹푹 썩었다.

결국 용철이 어머니는 5학년인 용철이를 서울에 계신 외할머니 댁으로 보내기로 했다.

서울 학교로 전학 온 첫날 새로운 담임선생님이 새로운 친구들에게 용철이를 소개했다.

"너희들 정신 바짝 차려야겠어. 이번에 시골 학교에서 일등 하던 용철이가 우리 학교로 전학을 왔단다."

시골학교에서는 보지 못했던 참고서, 자습서 그리고 문제집을 서울학교 친구들은 가지고 있었다. 시골학교에서는 교과서와 전과가 전부였다. 전과도 부잣집 친구들만 가지고 있었다. 용철이는 역시 서울은 시골과는 차원이 다르다고 생각했다.

무법자

　용철이가 전학을 간 서울학교는 최고학년인 6학년들이 점심시간에 주번완장을 팔에 두르고 교문을 지키는 교칙이 있었다. 선생님의 허락을 받지 않고는 누구도 점심시간에 교문 밖으로 나갈 수 없었다. 그러나 이에 아랑곳하지 않고 교문을 마음대로 들락거리는 무법자들이 있었다. 그들은 교문 밖 문방구에서 교문 안에 있는 아이들이 지켜보는 중에도 달고나를 해 먹었다. 최고학년인 주번 그 누구도 이들을 제지하지 못했다. 하지만 전학 온 지 얼마 안 되어 학교 물정에 밝지 못한 용철이는 여느 주번들과는 달랐다. 무식하면 용감하다고 했다. 용철이가 무법자들을 제지했다.

　"나가면 안 돼."
　"이 새끼 봐라. 너 우리가 누군지 몰라?"

겁박과 동시에 한 녀석의 주먹이 용철이의 얼굴로 날아왔다. 광대뼈를 제대로 맞아 피부가 금세 벌겋게 달아올랐다. 용철이와 녀석의 싸움이 시작됐다. 근처에서 이 광경을 지켜보던 한 무리가 떼로 몰려왔다. 주먹과 발이 용철이에게 사정없이 날아왔다. 용철이는 영문도 모른 채 몰매를 맞았다. 용철이를 흠씬 두들겨 팬 무리는 다름 아닌 이 학교의 야구부원들이었다. 용철이는 교무실로 달려가 담임선생님에게 정문에서 당한 이야기를 고했다.

"알았다."
담임선생님은 대수롭지 않다는 듯 외마디 답이 끝이었다.

다음 날도 그 다음 날도 야구부 학생들의 정문 출입은 달라진 것이 없었다. 달라진 것이라면 정문을 드나들 때 용철이에게 개쌍욕을 해댔다.

순길이는 야구부에서 투수였고 무법자들 사이에서도 소위 대빵이었다. 순길이는 교문을 지키고 있는 용철이에게 다가와 시비를 걸었다.
"니가 시골에서 전학 온 촌놈이야?"
순길이는 다짜고짜 용철이의 멱살을 붙잡고는 주먹으로 한 대칠 태세였다. 그때 용철이도 순길이의 멱살을 낚아챘다. 순길이의 주먹이 용철이를 향해 날아왔다. 용철이는 순길이의 주먹을 피하면서 되려 순길이의 얼굴을 타격했다. 용철이의 펀치가 얼마나 셌던지 순길이가 뒤로 벌러덩 자빠졌다. 그리고 한동안 일어나지 못했다. 순길이의 볼에 코피가 흘러내렸다. 이 장면을 지켜보고 있던 아이들은 자신들의 눈을 의심했다. 야구부 대빵 순길이가 시골 촌놈 주먹 한 방에 완전히 무너져 버렸다.

그 일 이후 야구부 무법자들의 점심시간 교문 무단출입은 사라졌다. 제일 센 놈만 잡으면 다른 모든 것들이 정리된다는 진리를 용철이가 보여주었다.

신체검사

용철이가 전학을 간 서울학교 인근에는 보육원이 있었다. 보육원에서 지내는 선희는 용철이와 같은 책상을 사용하는 짝꿍이었다.

신체검사 하는 날이었다. 치아검사를 했다. 아이들은 일렬로 담임선생님이 앉아 있는 책상을 향하여 줄을 섰다. 담임선생님이 입속에 스틱을 집어넣고 한 차례 쓰윽 살피고는 스틱을 유리컵에 담긴 물에 한두 번 헹구었다. 용철이는 이런 방법이 어린 마음에도 매우 비위생적이라고 생각했다.

담임선생님이 "다음"이라고 말하면 그다음 아이가 앞으로 한 발다가와 입을 벌렸다. 다음 차례는 선희였다. 선희는 입을 크게 벌렸다. 선희 입에 들어갔던 스틱은 다시 컵으로 들어갔다. 다시 "다음"이라고 담임선생님이 외치자 선희 뒤에서 순서를 기다렸던 혜자가 "앙" 하고 울음을 터뜨렸다. 담임선생님이 혜자를 쳐다보며 물었다.

"왜 울어?"

"선희 입에 들어갔던 것은 싫어요."

담임선생님은 난감한 표정을 지었다.

"혜자는 잠깐 기다려 봐. 그 다음."

그다음 여자 아이도 싫다고 고개를 가로저었다.

용철이는 짝꿍 선희를 바라보았다. 선희의 볼이 빨갛게 달아올랐다.

한참 뒤에서 순서를 기다리던 용철이가 손을 들었다.

"선생님. 제가 먼저 검사받아도 되나요?"

"용철이 앞으로 나와."

용철이 차례가 끝나고 혜자부터 다시 시작했다.

치아검사가 끝나고 가슴둘레를 재었다.

"남자들은 모두 복도에 나가 있어라."

담임선생님은 남자 아이들을 복도로 내보내면서 한마디 덧붙였다.

"남자들은 복도 바닥에 앉아 있어. 절대 창문으로 교실 안을 들여다보면 안 된다."

하지 말라고 하면 아이들은 더 하고 싶은 법이다. 몇몇 아이들이 교실 안이 궁금해서 창틀을 두 손으로 잡고 머리를 들어올렸다. 담임선생님은 여자 아이들을 교탁 앞에 한 줄로 세웠다. 그리고 순서대로 상의를 들어 올리라고 지시했다. 아이들은 자신의 차례가 되면 양손으로 상의를 들어 올렸고 담임선생님은 줄자로 가슴둘레를 재었다. 이 장면을 훔쳐보던 한 친구가 외마디 비명을 질렀다.

"악!"

아이들의 목이 마치 거북이처럼 창문 위로 올라갔다.

용철이 옆자리에서 이 장면을 훔쳐본 친구가 말했다.

"용철아. 선생님이 이상해."

궁금증이 발동한 용철이도 교실 안의 장면을 훔쳐보았다.

담임선생님은 가슴에 몽우리가 맺힌 6학년 친구들의 가슴에 줄자를 두르고 있었다. 그리고 양 손으로 줄자를 좌우로 흔들면서 여자 아이들의 가슴둘레를 재고 있었다. 브래지어를 착용하고 있는 여자 아이들은 선생님이 한 손으로 브래지어를 들어 올리고 다시 줄자를 가슴에 둘렀다. 여자 아이들은 그저 선생님이 시키는 대로 했다. 용철이 눈에 담임선생님은 할아버지였다. 친구는 선생님이 이상하다고 말했지만 용철이는 선생님이 미쳤다고 생각했다.

방과 후 교문을 나선 용철이의 뒤에서 선희가 히죽히죽 웃으며 따라왔다. 일정한 간격을 두고 쫓아왔다. 선희의 옛날 짝꿍은 책상 가운데에 분필로 주우욱 선을 그었다. 그리고 선희의 팔이 넘어 오면 연필로 꾹꾹 찔렀다. 용철이는 선희와 짝꿍이 되고 책상에 분필로 그어진 선을 지우개로 지워버렸다.

용철이가 뒤를 돌아 선희를 바라보았다. 또다시 선희의 볼이 빨갛게 달아올랐다.

그 이후로 선희는 종종 용철이를 지켜보았다. 용철도 그 시선을 느꼈다. 고개를 돌리면 선희가 나무 뒤에 숨어서 자신을 훔쳐보고 있었다. 용철이는 선희가 싫지는 않았다. 다만 선희는 늘 낡은 옷을 입고 있었기에 아이들이 '거지 소녀'라고 놀렸다. 친구가 "거지 소녀가 친구 찾는다" 하면서 용철이를 쿡 찔렀다. 용철은 그 말이 너무 싫었다.

한번은 남자아이들이 선희를 둘러싸고 얼레리 꼴레리 놀려대었다. 선희가 씩씩거리며 울음을 터트렸다. 그 모습을 본 용철이 "그만해!" 하고 외쳤다. 한 아이가 "거지 소녀의 친구가 왔다!"고 떠들어대자 아이들이 와 웃었다. 용철이가 조약돌을 던지자 도망갔다. 선희가 눈물이 그렁그렁한 눈으로 용철을 보며 눈만 꿈뻑거렸다. 용철은 말했다.

"다음부터는 애들이 놀리면 너도 맞서 싸워."

그리고 손을 내밀어 앉아 있는 선희를 일으켜 주었다.

선희는 수줍게 웃으며 고개를 끄덕였다.

가난이 죄인가? 부모 없는 것도 죄인가? 용철은 이해할 수 없

었다. 하지만 가난이 싫긴 했다. 좋아할 순 없었다. 용철은 자신이
크면 절대 가난해지지 않겠다고 속으로 맹세했다.

영아원

용철이는 학력고사 시험이 끝나면 영아원에서 봉사활동을 하고 싶었다. 왜냐면 사실 영아원이나 용철의 집이나 가난하긴 마찬가지였기 때문이다. 머리가 클수록 같은 처지의 사람들을 도외시해서는 안 될 것 같다는 생각이 들었다. 교회 누나를 통해 노량진에 있는 영아원을 소개받았다. 버려진 아기들이 함께 살아가는 곳이었다.

용철이는 영아원에서 아기들의 탯줄을 보았는데 마치 풍선에 바람이 빠지지 않도록 묶어 놓은 배꼽처럼 꼬불꼬불했다.

아기가 엄마 배 속에서 살다가 세상에 나와 처음으로 응아한 똥이라는 태변도 보았다.

"봉사자님. 태변 아세요?"

"몰라요."

"이게 우리 아기 태변이에요."

선생님은 아기의 기저귀를 갈아주다 말고 말했다.

"아이들에게는 이곳이 집이에요. 그래서 보육원으로 옮기는 날이면 아이들이 울고불고 난리가 나지요. 큰 혼란에 빠진답니다. 보육원에서 적응하기까지 오랜 시간 많이 힘들어한다고 해요."

아기들은 여기서 살다가 학교에 갈 나이인 일고여덟 살이 되면 보육원으로 옮겼다.

영아원 원장님은 정기적으로 방문하는 봉사자들에게 방을 배정해 주었다.

"이 방 저 방 옮겨 다니는 것은 아이들에게 좋지 않아요. 아이들과 늘 정해진 시간에 함께하는 것이 좋아요. 그래서 내부 규정상 방을 배정하는 것이니 이해해 주세요."

새로운 봉사자들이 올 때마다 원장님은 양해를 구했다.

용철이는 신생아 방에서 아기들의 기저귀를 갈아주며 똥도 닦아 주었다. 분유만 먹어서인지 똥에서 새콤한 우유 냄새가 났다. 신생아 방에는 일고여덟 명의 아기들이 있었는데 분유 먹일 시간이면 손이 모자라 직사각형 모양의 스펀지의 중간 모서리를 깎아서 분유통을 비스듬히 얹어 놓을 수 있도록 만들었다. 그 스펀지를 아기들 얼굴 옆에 놓고 깎은 모서리에 분유통을 기대어 놓으면 아기들이 분유가 나오는 꼭지를 입으로 물 수가 있었다. 꼭지가 아기들의 입에서 빠지기라도 하면 흐르는 분유로 아기들의 얼굴이 젖었다. 코로 들어가기라도 하면 아기들은 재채기를 하면서 울었다. 용철이는 자신의 왼팔에 아기의 머리를 누이고 오른손으로는 분유통을 좌우로 살살 돌려 분유가 잘 나오도록 했다. 스펀지에 의지해 분유를 빨고 있는 아기들을 살피느라 정신이 없었다. 용철이는 매주 목요일 오후 시간을 영아원에서 아기들과 함께 지냈다.

어느 날 영아원에서 해외로 입양 갔던 아기들이 성인이 되어 영아원을 찾았다. 20대 초반으로 보이는 청년들이 한복을 곱게 차려 입고 왔다. 그들은 아기 시절을 보냈던 방에서의 또 다른 자신들을 바라보며 신기해했다. 그들은 우리말을 전혀 하지 못했다.

왜 굳이 영아원을 다시 찾아온 것일까? 여기엔 아무것도 없는데. 용철은 그 점이 항상 궁금했다. 용철은 자기 같으면 절대 다시 돌아오고 싶지 않을 것 같다고 생각했다. 아무 연고도 없는 우울한 기억만을 불러일으킬 곳이 영아원이 아닌가? 하지만 청년들은 자신의 뿌리를 찾고 싶어 하는 것 같았다. 한국말을 전혀 하지 못해도… 생김새만 한국 사람일 뿐 그들은 서양 사람이었다. 그래도 그들은 굳이 꾸역꾸역 찾아왔다. 연어가 물살을 거슬러 올라가듯… 용철은 그것이 신기하다고 생각했다. 뿌리를 통해 자양분을 획득하는 나무처럼 사람도 그의 삶의 바탕은 결국 근본을 통해 형성될 것이라는 생각을 해보았다. 그렇다면 사람에게 있어 근본이란 무엇일까? 순간 용철은 자신에겐 돌아갈 집이 있다는 것, 그곳에 사랑하는 가족이 기다리고 있다는 것이 축복임을 새삼 깨달았다.

특권

　6학년 담임선생님은 우리 반 해신이에게 참으로 각별했다. 그리고 해신이에게 엄청난 특권을 부여했다. 해신이가 교실에서 떠든 아이들의 이름을 칠판에 적으면 그 아이들은 수업을 마치고 교실과 복도의 마룻바닥을 닦아야 했다. 아이들은 마루를 닦기 위한 손걸레와 왁스를 항상 실내화 주머니에 넣고 다녔는데 해신이와 친한 친구들은 손걸레와 왁스를 가지고 다니지 않았다. 왜냐하면 해신이가 그들의 이름은 칠판에 적지 않았기 때문이다. 용철이는 이러한 해신이에게 항의를 했다. 해신이가 이런 용철이를 좋아할 리가 없었다. 해신이는 1교시가 끝나면 떠들든 떠들지 않든 자동으로 용철이 이름을 칠판에 적었다. 용철이 이름이 칠판에 올라가면 용철이는 해신이에게 따졌다.

　"떠들지 않았는데 왜 적는데?"

해신이의 대답은 늘 같았다.

"내 마음이지."

용철이는 담임선생님께 억울함을 호소했다. 하지만 담임선생님에게 용철이의 말은 씨알도 먹히지 않았다.

"이놈아. 네가 떠드니까 이름을 적는 거지. 해신이가 얼마나 착한데 괜히 네 이름을 적고 그러겠어?"

해신이 덕분에 용철이는 왁스를 일주일에 한 통씩 사야 했다. 가뜩이나 돈도 없는데 왁스 사는 것도 힘들었다. 그러나 더욱 억울한 것은 담임선생님으로부터 특권을 부여받은 해신이에게 꼼짝없이 당할 수밖에 없다는 것이었다.

수업이 끝나고 어김없이 교실바닥에 왁스질을 하고 있는 용철이는 창문 너머로 해신이 엄마가 걸어오는 모습을 보았다. 해신이 엄마를 알지 못했지만 해신이와 너무도 닮아서 한눈에 바로 알아볼 수 있었다. 해신이는 새끼고릴라처럼 생겼는데 얼굴이 엄마와 판박이였다. 담임선생님도 해신이 엄마를 보았다. 담임선생님은 눈 깜짝할 사이에 자신의 책상으로 달려갔다. 그리고 두꺼운 책 한 권을 꺼내어 펼쳐 놓고 의자에 앉았다. 마치 업무를 처리하고 있는 것처럼 행동했다. 방금 전까지 왁스질을 하고 있는 아이들에게 여기저기 깨끗이 닦으라고 잔소리를 하고 있었던 티는 전혀 나지 않았다. 해신이 엄마가 교실 문을 열고 들어왔다.

"선생님 좀 쉬시면서 일하세요."
"어이쿠 어머니. 제가 쉴 시간이 없습니다."
담임선생님의 연기력이 배우 그 이상이었다.

해신이 엄마는 담임선생님 책상 옆으로 바짝 다가섰다. 이어 핸드백 안에서 두꺼운 봉투를 꺼내더니 담임선생님이 미리 펼쳐 놓았던 두꺼운 책 중앙에 자연스레 꽂아 놓았다. 담임선생님은 손이 보이지 않을 정도로 빠르게 책을 덮었다. 순식간에 벌어진 일이었지만 담임선생님 책상 밑에서 교실바닥을 닦고 있던 용철이의 눈을 피해갈 수는 없었다. 새끼고릴라처럼 생긴 해신이가 무소불위의 권력을 행사하고 있는 이유를 비로소 알 수 있었다.

그리고 해신이 아버지가 우리나라의 유명한 자동차 회사 사장님이라는 사실을 함께 왁스질을 하고 있던 친구로부터 들었다.

용철은 이대로 당해서는 안 되겠다는 생각을 했다. 선생님에게 말하는 것만으론 아무것도 바뀌지 않았다. 그렇다고 해신이의 권력놀음에 당하기만 하는 것은 억울했다. 용철은 비밀리에 해신이에게 복수할 방법을 찾았다. 하지만 아무리 머리를 굴려도 선생님의 가호를 누리고 있는 해신이를 괴롭힐 마땅한 수단이 생각나지 않았다. 궁리 끝에 평소 해신이에게 불만을 가지고 있던 아이들

몇 명을 모았다. 하굣길에 해신이가 집에 가는 길목에 숨어서 기다리다가 해신이를 곯려주기로 했다. 용철과 아이들은 눈구멍만 뚫려있는 종이 가면을 만들어 썼다. 그리고 해신이가 혼자 골목길에 접어들었을 때 달려들어 발버둥치는 해신이의 손목을 준비해둔 노끈으로 꽁꽁 묶었다. 그리고 왁스를 듬뿍 묻힌 손걸레로 해신이 얼굴을 닦아 주었다. 해신이가 울면서 뭐라고 하는 소리가 들렸다. 통쾌했다. 다음 날 학교가 발칵 뒤집혔으나 누가 범인인지는 아무리 선생님이 목청을 돋워가며 추궁해도 나타나지 않았다.

용철은 살짝 죄책감이 들었으나 그동안 해신이 때문에 강제 청소를 했던 것을 생각하면 속이 후련했다.

도벽

생각 없이 던진 돌에 개구리가 맞아 죽었다.
생각 없이 던진 말에 용철이가 맞아 죽을 뻔했다.

겨울방학식 날이었다. 통지표를 받았다. 담임선생님이 쓰는 학
생평가 란에 '도벽'이라는 단어를 보고 용철이는 머리를 갸우뚱했
다. '도박'이라는 말은 알지만 '도벽'은 처음 보는 단어였다. 아버
지에게 통지표를 보여드리기 전에 국어사전을 펼쳐 도벽의 뜻을
찾아보았다.

'물건의 쓸모나 가치에 관계없이 물건을 훔치려는 충동이 되풀
이해서 일어나는 것'

'엥 이게 뭔 말이래요?'

용철이의 머리가 하얘졌다.

용철은 어처구니가 없었다. 아무리 자기가 말썽꾸러기라도 남의 것을 훔친 적은 단 한 번도 없다. 분했다. 울컥 눈물이 올라왔다. 해신이는 절대 이런 통지표를 받지 않을 것이었다.

용철의 아버지는 가만히 무릎을 꿇고 앉아있는 용철이에게 불같이 화를 내셨다.

"성적이 중요한 것이 아니다!"

아버지는 대나무 자로 용철이의 손바닥을 다섯 차례 때리셨다. 그리고 두 팔을 들고 벽을 바라보라고 하셨다. 훔친 물건이 생각날 때까지 내리지 말라고 하셨다.

두 팔에 마비 증세가 왔다. 지우개를 훔쳤다고 거짓말을 하고 두 팔을 내렸다.

개학을 했다. 용철이는 교무실로 담임선생님을 찾아갔다.

"저는 지금까지 남의 물건을 훔쳐 본 일이 없습니다."

담임선생님은 흥 하고 콧방귀를 뀌더니 말했다.

"승호 얘긴 다른 것 같은데 내가 모를 줄 알았니?"

그 말에 용철이는 번뜩 떠오르는 것이 있었다.

6학년 초였다. 용철이 앞자리에 앉은 승호가 등굣길에 문방구에서 사왔다면서 피리를 보여주었다. 용철이가 승호에게 말했다.

"나도 한번 불어보고 싶은데."

승호로부터 피리를 건네받아 '나리 나리 개나리 입에 따다 물고요 병아리 떼 쨱 쨱 쨱 봄나들이 갑니다' 리듬에 따라 피리를 불고 도로 승호에게 돌려줬다. 그때 지나가던 담임선생님에게 승호가 말했다.

"용철이가 제 피리를 빼앗아 불었어요."

담임선생님은 용철이에게 말했다.

"너 승호 피리 빼앗아 불었던 것 기억 못 해?"

용철은 억울했다. 하지만 증거가 없었다. 승호가 장난으로 한 말이었다는 증거가. 그때 용철은 깨달았다. 거짓이 진실이 될 수도 있다는 사실을. 용철은 그 교훈을 가슴 깊이 새겨두기로 했다.

시간이 흘렀다. 초등학교와 중학교, 고등학교를 졸업하고 용철도 어느덧 성인이 되었다. 어린 시절 부당한 기억이 잊혀질 즈음 군대에 가면서 용철은 또다시 사회의 부당한 민낯을 목격하게 되었다. '그 일'은 군대에서 일어났다.

군대에 간 용철은 신병 훈련소에서 야간 경계근무를 섰다. 무거운 철모와 M16소총이 용철이를 짓눌렀다. 밤하늘을 바라보다가 영아원의 아기들이 생각났다. 스스로에게 말했다.

'환경이 바뀌고 힘도 들고 집에도 가고 싶다. 탯줄을 달고 들어와 태변을 본 아기들에게는 영아원이 집이다. 보육원으로 옮기면 집이 얼마나 그리울까. 아기들이 성인이 될 때까지 한곳에서 살 수 있다면 좋겠다.'

그런 생각을 하며 언젠가 자신이 거기에 도움을 줄 수 있으면 좋겠다는 나름의 꿈을 품으며 추운 밤을 보냈다.

4주간의 신병훈련을 마치고 용철은 최전방 부대로 전입을 갔다.

"어이, 용철이!"

용철은 눈을 찌푸리지 않으려고 애를 쓰며 뒤를 돌아보았다. 예상한 대로 자신이 싫어하는 같은 내무반 선임이었다. 이름은 곽두팔. 덩치가 크고 우락부락하게 생긴 그는 쓰잘데기 없는 일로 툭 하면 기합을 주고 자기 말을 안 들어주면 성질을 부리는 것으로 악명이 높았다. 게다가 음담패설을 입에 달고 살아 아무도 그와 친해지고 싶어 하지 않았다. 용철이 동기들은 그를 꼴통이라고 불

렸다. 그런 사실을 아는지 모르는지 그는 겉으로는 넉살 좋은 체
하며 주변을 헤집고 돌아다녔다.

"시발, 드럽게 춥네. 야 넌 괜찮냐?"
"이상 없지 말입니다."
"이상이 없기는 개뿔… 추워서 오줌도 못 싸겠구만. 하 시발 안
그래도 빡치는데. 야 너 김상중이하고 친하냐?"

김상중은 용철이의 바로 윗선임으로 유달리 체구가 작고 병약
해 보여 사역을 나가도 늘 허덕이기 일쑤였다. 그런 그를 두고 무
슨 말을 하나 싶어 곽두팔을 바라보자 그가 침을 카악 뱉으며 말
했다.

"시발 그놈이 여동생이 있다잖아… 사진 한 번만 보여 달라고
했더니 존나 유난을 떨면서 안 보여주려고 하다가, 내가 몇 대 참
교육을 시켜줬거든? 그제서야 보여주더라고. 시발 근데 꽤 이쁘
대? 나 좀 소개시켜 주면 안 되냐고 하니까 무슨 벌레 보듯이 보
는 꼬라지 하곤… 존나 어이없지 않냐?"

용철은 속으로 욕지기가 차오르는 것을 느끼며 아무 말도 하지
않았다.

"왜 대답이 없어 시발. 너도 내가 같잖냐?"

"아니지 말입니다."

"근데 왜 대답이 없냐고, 어?"

그가 용철의 전투모자를 툭툭 손가락으로 찔러댔다.

"기합 안 들어가 있지?"

"죄송합니다."

'사회에 나가면 별것도 없는 새끼가…' 용철은 속으로만 욕을 중얼거리며 사과를 했다.

"내가 그 새끼 앞으로 존나게 갈굴려고."

"…그러다 문제라도 되면…"

"새끼야, 그러니까 안 보이게 해야지. 사람이 머리를 써야지, 머리를."

그가 낄낄 웃으며 자기 머리를 톡톡 쳤다.

용철은 김상중에게 안타까움을 느꼈지만 지금 자신이 뭘 할 수 있는 처지는 아니었다. 그가 무사히 군 생활하기를 기도하며 그날 밤은 그렇게 지나갔다.

그날 이후 과연 곽두팔은 김상중을 이 잡듯이 갈구기 시작했다. 연병장 한쪽에서 엎드려뻗치고 있는 김상중을 볼 때마다 동정심이 들었지만 저러다 끝나겠지 하고 애써 무시했다.

그러던 어느 날이었다. 김상중이 어디에도 보이지 않았다. 뒤늦게 그를 찾기 시작했고 얼마 지나지 않아 야산 아래에서 굴러 떨어져 사망한 그의 사체가 발견되었다.

부대가 발칵 뒤집혔다. 사고인지 자살인지, 아니면 타살인지 알 수 없었다. 흉흉한 소문이 번졌다. 용철의 머릿속에 곽두팔이 바로 떠오르지 않았다면 거짓말일 것이다. 하지만 심증만 있을 뿐 실질적인 증거는 아무것도 없었다.

'내가 그때 뭐라도 했어야 하는데.'

죄책감에 밤잠을 이루기도 어려웠다. 이윽고 이대로 있어서는 안 되겠다는 생각에 그는 몰래 중대장을 찾아갔다.

"그러니까, 자네 말은 김상중의 죽음에 곽두팔이 관련이 있을 수 있다?"

"…정확히는 모르겠지만… 뭔가 관련이 있을 수도 있습니다."

"있다는 거야? 없다는 거야? 똑바로 얘기해!"

용철은 곽두팔이 들려준 이야기, 평상시 그가 어떻게 김상중을 괴롭혔는지 전부 이야기했다. 말이 끝나자 상관은 말없이 담뱃불을 칙 하고 붙이고 담배 한 모금을 빨아들인 뒤 후 하고 뱉었다.

"그 이야기, 아무 데나 가서 하고 다니지 마."
"예?"
"뜬금없는 헛소문으로 부대 기강 무너지니까 하지 말라고."
"조사해 봐야 하는 것 아닙니까?"
"지금 대드냐?"

그가 찡그린 표정으로 용철을 바라보았다. 용철은 고개를 숙이지 않고 대답했다.

"조사해 봐야 하지 않겠습니까."
"새끼야! 정확한 증거도 없는데 멋대로 또 한 명 묻어버릴 일 있어? 이 이야긴 어디 가서도 하지 마! 안 그럼 너, 나랑 같이 피곤해져! 괜히 일 크게 만들지 말고."

일을 크게 만들지 말라니? 용철은 이해가 가지 않았다. 큰일은 이미 벌어진 것 아닌가. 이보다 더 큰일이 어디 있을까. 중대장은 침을 튀겨가며 삿대질을 하면서 그를 나무랐다. 두서없이 쏟아지는 중대장의 말 속에 곽두팔의 부친이 정재계에 연줄이 있고 곽두팔 부친 또한 상당한 실력자라고 했다. 심지어 군단장인 '쓰리 스타'와도 줄이 닿는다고 떠들었다.

　곽두팔은 결코 '별 볼 일 없는' 존재가 아니었던 것이다. 용철은 아연실색하며 아직도 자신 앞에서 설교를 늘어놓고 있는 중대장을 바라보았다. 한 사람의 목숨이 사라졌는데 아무도 원인을 캐려 하지 않는다. 모두 쉬쉬하고 있다. 권력이란 게 그렇게 대단한 것이었던가? 용철은 가슴속 깊은 곳에서 처음으로 끓어오르는 뭔가를 느꼈다. 작은 불씨로 시작한 그것은 이내 온 가슴을 다 채울 정도로 활활 타올랐다. 입만 열면 눈앞의 중대장과 부대 전체를 불사를 수 있을 것만 같았다.

　그러나 용철이는 지금 아무것도 할 수 없었다.
　그는 그저 힘없는 졸병에 불과했다.

　결국 그 사건은 단순사고로 결론지어졌다. 용철은 앞으로 죽는 날까지 군에서 있었던 일을 잊을 수 없을 것 같았다. 전역을 하고 사회로 돌아와서도 '그 일'은 때때로 기분 나쁜 방식으로 용철을 헤집었다. 하지만 용철이의 가슴속에 새로운 불꽃이 피어올랐다.

고스톱

"용철아 밥 먹어라."
"신문 좀 읽고요."

대학을 졸업한 용철이는 치열한 공개채용을 거쳐 대기업에 입사했다. 하지만 적성에 맞지 않아 6개월도 채 안 되어 사표를 던졌다. 이후 집 근처 공립도서관에서 하루하루를 보냈다. 도서관을 오가는 길은 버스를 타는 대신 운동도 할 겸, 차비도 아낄 겸 걸어서 다녔다. 아침 일찍 도서관에 도착하면 정기간행물실로 직행해 새벽에 배달된 조간신문을 읽는 것으로 하루를 시작했다. 점심식사는 도서관 지하에 있는 구내식당을 이용했다. 밥을 먹고 나면 석간신문이 배달되어 있었고 미쳐 못 다 읽은 조간신문과 석간신문까지 모조리 읽고 나면 하루가 다 갔다. 진로에 대해 정해진 것이 없었기에 그저 신문만 섭렵하는 일상의 반복이었다.

용철이는 도서관에서 친하게 지내는 형들과 함께 일주일에 두세 번은 근처 재래시장 돼지국밥집으로 몰려갔다. 주로 돼지머리 안주에 막걸리를 마셨다. 네다섯 명이 가도 이만 원을 넘지 않았다. 용철이가 도서관에서 주로 어울리는 형들은 '장수생'들이었다. 거듭된 낙방으로 오랜 시간 수험생활을 하고 있다 하여 사람들은 그들을 '장수생'이라 불렀고, 줄여서 '장수'라고도 했다. '장수'들은 국가고시를 준비하는 이들이 대부분이었다. 낙방에 이골이 난 '장수'들은 반사회적인 성향이 강했다. 한마디로 삐딱했다. 그리고 혀가 길었다. 이야기에 발동이 걸리면 그칠 줄을 몰랐다. 취기까지 오르면 두서없는 말을 하며 신세한탄을 했다. 그렇게 퍼마시다가도 술값이 이만 원이 넘을 량 치면 자리에서 일어났다.

용철이 읽는 신문의 사회면에는 각종 사건 사고 소식이 끊이질 않았다. 도둑놈도 많고 사기꾼도 많았다. 반면 인물을 소개하는 면에는 세상 훌륭한 사람들이 거기에 다 있었다. 평생 모은 재산을 사회에 희사하고 아프리카 오지에서 의술을 베풀며 평생을 보낸 사람도 있었다.

남들이 못 하는 일을 하는 사람들은 인물란에 소개되었고 남들이 안 하는 짓을 하는 사람들은 주로 사회면에서 다뤄졌다. 세상은 남들이 못 하는 일을 하는 사람을 훌륭한 사람이라고 불렀고, 남들이 안 하는 짓거리를 하는 사람은 양아치라고 불렀다.

용철이는 교회 성가대원이었다. 주일 대예배 시간에 성가대석에 앉아 있는데 전날 음식을 잘못 먹었는지 배탈이 났다. 목사님이 설교를 하고 있었으나 배가 너무 아파 화장실을 가기 위해 성가대 자리에서 일어났다. 하얀색 성가대원 가운을 입은 용철이가 일어나자 예배 중인 교인들의 시선이 모두 용철이를 향했다. 교인들의 시선에 아랑곳없이 용철이는 아픈 배를 쥐고 허리를 숙인 채 종종걸음으로 화장실로 향했다. 그때 반짝거리는 금배지가 용철의 눈에 들어왔다. 본능적으로 고개를 들었다. TV에서 많이 보았던 국회의원이었다. 국회의원과 용철이의 눈이 마주쳤다. 그가 용철이에게 눈인사를 했다. 용철이도 목례로 화답했다. 두 사람의 만남은 그렇게 시작됐다.

예배가 끝났다. 국회의원은 교회 계단에서 내려오는 교인들에게 일일이 악수를 건네며 인사를 건넸다. 교인들이 거의 빠져나갈 무렵 마지막으로 성가대원들이 계단을 내려왔다. 이때 용철이와 국회의원의 눈이 또다시 마주쳤다.

"우리 아까 눈으로 인사했지요? 나는 이 지역 국회의원입니다. 반갑습니다."

국회의원은 용철이에게 자신의 명함을 주었다. 금배지 문양이 새겨진 멋진 명함이었다.

"TV에서만 뵙다가 이렇게 실제로 뵙게 되어 영광입니다. 실물이 훨씬 좋으십니다."

"하하하 고맙습니다. 이름이 어떻게 되지요?"

"김용철입니다."

용철이는 태어나서 국회의원 손을 처음 잡아 보았다. 하루에 나무를 세 짐씩 하는 손처럼 두툼하고 거칠었다. 가물치 같은 손으로 용철이의 손을 얼마나 세게 잡았던지 용철이는 순간 비명을 지를 뻔했다. 손아귀 힘이 장사였다. 나중에 국회의원에게 들었다. 상대의 기선을 제압하기 위해 온 힘을 다해 손을 꽉 잡는다고. 가끔 상대로부터 항의를 받기도 한다고 했다.

국회의원이 말했다.

"여의도에 있는 국회의원회관으로 한번 놀러 오세요. 내 방이 거기에 있소이다."

"네. 알겠습니다."

용철이는 그렇게 하겠다고 대답을 하면서도 유권자에 대한 인사성 멘트일 것이라고 생각해 귓등으로 흘렸다.

며칠 후 용철이는 중국집에서 자장면을 주문했다. 단무지를 춘장에 찍어 먹으면서 TV를 보고 있었다. 며칠 전 교회에서 만났던 국회의원이 TV에 보였다. 안주머니에서 지갑을 꺼내 국회의원의 명함을 찾았다. 명함에 적혀 있는 그의 핸드폰 번호를 쳐다보다가 전화를 걸어버렸다.

"여보세요."

국회의원의 목소리였다. 생각보다 국회의원이 용철이와 가까이 있는 것 같아 기분이 묘해졌다.

"교회에서 뵈었던 김용철입니다."

"아. 네. 반가워요."

많은 사람들을 만나는 국회의원이 자신을 기억이나 하고 있을 까 싶었지만 반가운 목소리로 전화를 받아줘 용철이는 그에게 고마운 마음이 들었다.

"의원님을 찾아뵙고 싶은데요."

"국회의원회관으로 오세요."

용철이는 태어나서 처음으로 국회를 찾았다. 국회의원들의 사무실이 모여 있는 곳이 국회의원회관이라는 것도 이날 처음으로 알았다. 면회실에서 신분증과 출입증을 맞교환하고 5층에 있는 그의 사무실로 향했다. 국회의원은 용철이를 친절하게 맞아 주었다.

"어서 오세요."

"만나 주셔서 감사합니다."

비서실을 지나 의원실로 들어갔다. 국회의원은 상석에 앉지 않고 용철이 맞은편 자리에 앉았다.

"내가 편하게 불러도 될까요?"

"그럼요."

"그럼 용철 군으로 부르지요."

"네."

"용철 군. 오늘 나를 만나자고 한 특별한 이유라도 있나요?"

용철은 잠시 자신의 과거와, 현재 그리고 미래를 생각했다. 용철이가 힘을 실어 불렀다.

"의원님."

"얘기하세요."

"제가 의원님을 도울 일은 없겠습니까?"

난생 처음 국회의원회관을 방문한 용철이는 이곳에서 일을 하고 싶은 욕구가 생겼다. 마치 활화산이 담고 있던 마그마를 분출하기 직전 같았다. 용철이는 용기를 내었다. 거두절미하고 국회의원에게 말했다.

"의원님. 이곳에서 일하고 싶습니다."

국회의원은 담배를 꺼내 물며 용철이에게도 권했다. 긴장한 용철이는 담배가 댕겼지만 아버지뻘 되어 보이는 국회의원과의 맞담배질은 호로 자식 소리를 들을 수 있을 것 같아 거절했다. 국회의원은 담배를 몇 모금 빨더니 이내 재떨이에 비벼 끄고는 용철이의 간곡한 부탁에 대한 해답을 찾은 듯 표정이 환해지며 말했다.

"아. 맞아 맞아. 용철 군도 알다시피 곧 대통령 선거가 있잖아. 우리 당에서도 곧 선거대책위원회를 꾸릴 텐데 거기서 일을 하면 되겠네."

국회의원은 말을 마치고 인터폰을 통해 여비서를 불렀다. 그리고 그녀에게 용철이도 많이 들어 본 이름의 국회의원을 지목하면서 지금 어디로 가면 그를 만날 수 있는지 알아보라고 지시했다. 국회의원은 담배 한 가치를 다시 꺼냈다. 그리고 용철이에게 물었다.

"우리 동네에서 내 인기가 좀 어떤가? 젊은이들은 나를 좋아하나? 욕하는 사람들은 뭐라고 욕을 하나?"

질문을 속사포처럼 하여 답을 할 수가 없었다. 용철이는 그저 싱긋이 웃기만 했다. 그 순간 여비서가 들어와 찾고 있는 국회의원이 국회본청에 있다고 보고했다.

국회의원은 용철을 데리고 본청으로 향했다. 의원실을 나와 좌측 코너를 돌아 엘리베이터를 타고 지하2층에서 내렸다. 좌회전 우회전을 거듭했더니 007영화에서 본 것 같은 긴 터널이 나왔다. 터널을 걷다가 국회의원이 갑자기 용철이의 손을 꼭 쥐며 말했다.

"여기가 의원회관에서 국회 본청으로 가는 복도일세."

싱거웠다.

"여기는 처음이지?"

"처음입니다."

한참을 걸어서 국회 본청에 도착했다. 본청 지하에서 다시 엘리베이터를 타고 5층에서 내렸다. 빙글빙글 또 한참을 걸었다. 코너에서 우측으로 돌자마자 좌측 편에 나무로 된 커다란 문이 보였다. 사무실 문짝이 용철이네 집 대문보다 더 컸다. 국회의원은 노크도 하지 않고 문을 열었다. 방 안에 있던 사람들이 모두 일어나 깍듯하게 인사를 했다.

"의원님 어디 계시는가?"

"안쪽 방에 계십니다."

직원은 오른손으로 안쪽 방문을 가리켰다.

직원이 가리킨 방문을 열고 들어갔다. 그 문도 엄청 컸다. 용철이는 국회본청에 있는 문짝들은 모두 크게 만들었나보다 하고 생각했다. 방 안에는 TV에서 봤던 낯이 익은 얼굴의 국회의원들이 저마다 담배를 입에 물고 화투장을 뚫어져라 쳐다보고 있었다. 고스톱 판이었다. 화투장에 정신이 팔린 국회의원들은 누가 들어왔는지 쳐다보지도 않았다.

"박 의원. 땄어?"

"말 시키지 마 엄청 잃었어."

"그래도 잠깐 정신 좀 차려 봐. 이 젊은이는 내 지역구에 사는 능력 있는 청년이야. 선대위에서 활동할 수 있도록 해 줘. 박 의원이 공보파트를 맡고 있으니 잘 좀 부탁해."

"말 시키지 말라니까. 하여튼 알았어."

박 의원은 용철이에게 눈길도 주지 않았다. 그래도 용철이는 화투장에 정신이 팔려 있는 박 의원에게 깍듯하게 형님 인사를 했다.

박 의원은 용철이의 90도 폴더인사를 받고도 화투장만 뚫어져라 쳐다보고 있었다.

"용철 군. 박 의원이 곧 연락할 걸세. 함께 일하도록 하게."
"의원님께 누가 되지 않도록 성실하게 일하겠습니다."

다음 날 도서관의 장수생 형들과 막걸리를 마시며 전날 국회에서의 자초지종을 이야기했다. 그들은 회의적으로 말했다.
"정치인이 하는 말을 다 믿냐? 네가 뭐 볼 게 있다고 너한테 일을 맡기겠냐?"
용철은 울컥했다.
"저도 어디 가서 꿀리지는 않습니다. 그리고 분명히 제 눈앞에서 주선을 해줬다구요."
"그래서 뭐 너도 정치나 하게? 부질없다 야."

이런 데 모여서 서로 시시껄렁한 얘기나 하는 것은 부질없지 않고? 그런 말이 목구멍까지 솟아올랐지만 용철은 참았다. 사실 자기도 긴가민가한 면이 없지 않아 있었기 때문이다.
그래도 용철은 짐짓 자신은 믿음이 있다는 듯이 행동하며 장수생 형들의 부정적인 발언을 넘겨 버렸다. 이곳에서 하릴없이 시간을 보내는 것보다 자신이 선택한 진로가 훨씬 나을 거였다. 살짝 충동적으로 저지른 일이지만 생각해 볼수록 괜찮은 선택으로 느껴졌다. 남자가 출세하기 위해 할 수 있는 선택 중 가장 권력에 가까운 것이 정치 아닌가? 모 아니면 도였다. 또 용철은 항상 세상을 바꿔 보고 싶었다. 불의를 처벌하고 약한 자들이 소외받지 않는 세상. 어린 시절과 군대에서의 기억이 물꼬를 튼 듯 줄줄이 떠올랐다. 어쩌면 그 모든 일들은 오늘날 자신을 이곳으로 이끌기 위한 신(神)의 포석이 아니었을까.

할 수 있다. 해 보자. 가능할 것 같다. 용철은 건더기가 뭉쳐있는 마지막 막걸리 한 모금을 들이켜고 자리에서 일어났다.

2장

승자독식

죽돌이

'아기다리고기다리던'

영화 속 주인공이 '아 기다리고 기다리던 데이트'를 중얼거렸던 장면이 떠올랐다.

아기다리고기다려도 화투장에 몰입했던 박 의원으로부터의 연락은 없었다.

국회의원은 많은 사람을 만나기 위해 일요일마다 동네 교회들을 돌아다니며 예배를 드린다. 이날 일요일 아침에도 동네 친구로부터 그가 출석하는 교회에서 국회의원을 보았다는 말을 들었다. 그리고 몇 시간 후 용철이도 교회에서 국회의원을 또 만났다. 국회의원은 용철이에게 악수를 청하며 물었다.

"박 의원으로부터 연락 받았나?"

"아니요."

"인간들이 하여튼 그렇다니까."

"괜찮습니다. 마음 써주신 것만으로도 감사합니다."

"이번 주에 전화 한번 주시게."

박 의원 대신 지역구 국회의원이 용철이를 불렀다.

"용철 군, 이번 판에는 우리가 집권하네. 우선은 오 비서관 옆 빈 책상을 사용하고 내 일을 좀 도와주시게."

"열심히 하겠습니다."

용철이는 자신을 불러준 국회의원에게 충성을 다할 것을 마음속으로 다짐했다. 이제부터 그는 용철이가 모시는 의원님이 된 것이다.

의원님은 전형적인 정치인이었다. 정치를 모르는 용철에게 전형적인 정치인이란 무엇을 의미하는 것인지 정의를 내리기 어려웠지만, 느낌이 그랬다.

그는 말투는 노련했고 위기상황에선 두루뭉술하게 말하는 법을 알았다. 그러면서 필요한 자리에는 꼭 참석했고 어떤 상황에서도 태연자약하게 웃음기 띤 얼굴을 잃지 않았다. 좀 안 좋게 말하면 능글맞고, 좋게 말하면 영리하다고 볼 수 있을 터였다.

용철은 그런 의원님 밑에서 하나하나 정치를 배워나갔다.

정치판에는 다양한 스타일의 국회의원들이 있었다.

실력이 있는데 겸손하기까지 한 의원. 겸손하지 않으면서 실력도 없는 의원. 개떡같이 말해도 찰떡같이 알아듣는 의원. 찰떡같이 말해도 개떡같이 못 알아먹는 의원.

다행이도 용철이가 모시는 의원님은 실력도 있고 겸손했다. 용철이가 개떡같이 보고해도 찰떡같이 이해했다. 그러나 그 속은 도무지 알 수가 없었다.

용철이 처음 배운 것은 '국회의원은 겉과 속이 다르다'는 말의 의미였다.

예전엔 그것이 속물적이고 부패한 국회의원을 멸칭하는 말로 이해했다.

하지만 그것은 정계에서 살아남기 위해서는 필수로 갖춰야 하는 하나의 자질이었다.

대중 앞에서 드러내는 공약이나 발언은 항상 정도를 걸어야 했으나 그것을 이루기 위해 항상 정도를 걸을 수는 없었다. 뒤로는 온갖 암투가 벌어지는 곳이 정계였다. 대의를 이루기 위해 때로는 속임수도 필요하고 타협과 줄다리기도 필요했다. 이 세상이 돌아가는 방식이 그랬다. '완벽한 정의로움'은 영화 속에나 있는 말이었다.

12월에 대한민국을 이끌 새로운 대통령이 탄생했다. 의원님의 예언대로 되었다. 용철이는 의원님이 신통력이 있어 보였다. 흐름을 읽는 눈이 뛰어난 의원님이었다.

의원님이 용철이에게 말씀하셨다.

"정치판에서 출세하려면 정치판의 흐름을 읽어야 하네. 멈추어 있는 것 같아도 움직이고 있는 그 흐름을 볼 줄 알아야 한다는 말이지. 엄동설한(嚴冬雪寒) 개울물이 꽁꽁 얼어 있어도 얼음장 밑에서는 또 다른 개울물이 끊임없이 흐르고 있지 않은가? 그 흐름을 볼 수 있는 능력이 생기면 정치판에서도 출세할 수 있다네."

대통령 당선자의 최측근으로 분류되는 의원님의 의원회관 사무실은 당선 다음 날부터 그야말로 북새통이었다. 명절 전날 서울역 대합실처럼 북적거렸다. 사람들은 의원님과의 면담 순서를 관리하는 용철이를 문고리권력이라고 불렀다. 지역구에서 밀려오는 민원도 넘쳐났다. 의원님에게 눈도장을 찍기 위해 전국에서 찾아오는 사람들로 인해 의원회관 사무실은 그야말로 발 디딜 틈도 없는 인산인해였다.

"줄을 서시오!"

용철이는 이렇게 외치고 싶었다.

쏟아지는 민원을 정리하는 일도 용철이 몫이었다. 종류별로 분류했다. 건축, 사건사고, 승진, 대출, 이 가운데 단연코 취업청탁이 제일 많았다. 나열한 서류를 더 이상 쌓을 곳이 없을 정도였다.

"선생님. 들어가세요."

"네. 감사합니다."

자기차례가 된 사람은 물 만난 고기처럼 밝은 표정을 지으며 의원님 방으로 잽싸게 들어갔다.

의원님의 지시에 따라 순서가 바뀌는 경우도 가끔 있었다. 의원님은 용철이를 방으로 불러 문틈 사이로 다음 차례를 찍어주셨다.

"저쪽 끝에 회색양복에 금테안경 저 사람."

면담을 마친 회색양복 금테안경 사나이는 의원님과 다정하게 손을 잡고 방에서 나왔다.

"용철 군이 엘리베이터까지 모셔다 드리게."

엘리베이터로 가는 길에 금테안경 사나이는 혼잣말인지 용철이에게 하는 말인지 헷갈릴 정도로 작게 중얼거렸다.

"수원에 있을 때는 자주 인사드렸는데."

수원이 어쩌고저쩌고 하는 것이 집이 수원인가보다 생각하고 물었다.

"선생님. 수원 사세요?"

"수원지검장으로 있을 때는 의원님 지역구와 가까워서 자주 인사드렸다는 얘기입니다."

그는 이후 승승장구했다.

국회의원회관에 죽돌이 공무원이 있었다. 의원회관 비서실 팩스를 마음대로 사용하고 때때로 용철이 컴퓨터에서 본인 이메일도 확인했다. 복도에서 서성이다가 국회의원과 마주치기라도 하면 냉큼 뛰어가 자신의 명함을 건네고 폴더인사를 했다. 아는 의원이라도 지나갈 때면 역시 빛의 속도로 뛰어가 허리가 휘어질 정도로 인사를 했다. 그는 여야 의원을 가리지 않았다. 용철이를 의원회관 복도로 불러내 의원님의 근황을 캐묻기도 했다. 그리고 이런 말도 했다.

"여당 의원들도 중요하지만 야당 의원들이 더 중요해. 야당에서 발목 잡으면 될 일도 안 되거든."

중앙부처 국장이었던 그는 가을 인사에서 1급 실장으로 승진했고 차관에 이어 장관까지 올랐다. 정권이 바뀌고는 공기업의 사장으로 나갔다. 어느 정권이 되었든 그는 쉴 틈이 없었다.

이처럼 꾸준한 인맥을 쌓는 일은 별 거 아닌 듯 보여도 상당한 효력을 발휘했다. 예쁜 짓을 하면 그게 설령 눈에 뻔히 보이는 아부라도 보는 사람은 기분 좋은 법이다. 인간이란 얼마나 얄팍한가. 하긴 그런 인간의 심리를 이용한 처세술이니 뭐라 할 것도 없었다. 다 자기 살 길 찾아서 움직이기 마련이었다. 선비처럼 고고하게 가만히 앉아 있다고 행운이 그냥 떨어지는 일은 없었다. 자기 PR 시대에 어쩌면 그가 한 일은 탁월한 선택이었을 것이다. 더러운 것도 깨끗한 것도 아니었다. 인간세계는 이처럼 타이밍과 지속성이 중요했다.

기회비용

의원님이 용철이에게 수행을 맡겼다. 스님들이 도를 닦는 수행 (修行)이 아니라 가방 들고 의원님을 쫓아다니는 수행(隨行)이었다. 아침 6시 의원님 댁에 도착해 기다리다가 현관 앞에서 의원님 가방을 받아 들었다. 사람들은 이를 두고 용철이가 '가방모찌'가 되었다고 말했다. 의원님 친구는 의원님의 가방을 들고 있는 용철이에게 다가와 말했다.

"네가 모시는 의원님도 가방 들고 다니다가 국회의원 됐다."

용철이와 가깝게 지내는 보좌관은 겁을 주었다.

"용철아. 태양에 가까우면 타서 죽고 멀면 얼어 죽는다. 이래저래 죽지 않도록 조심해라."

또 다른 보좌관은 이렇게 말했다.

"정당의 월급쟁이는 공노비, 국회의원 수행은 사노비다."

평소처럼 아침 이른 시간에 도착한 용철이는 의원님이 나오시기를 기다리다 가방을 넘겨받고 대기 중인 차의 뒷문을 열었다. 그리고 반짝거리는 의원님 구두가 차 바닥에 착지한 것을 확인하고 차문을 부드럽게 닫았다. 조수석에 올라탄 용철이는 어젯밤 일정담당비서로부터 건네받은 의원님의 일정표를 안주머니에서 꺼냈다. 첫 일정은 서울시청 근처 호텔에서의 조찬이었다. 호텔 수문장은 앞 유리창 상단에 붙어있는 국회의원차량스티커를 보고 달려와 차문을 열고 허리를 굽혀 인사했다.

의원님이 용철이에게 물었다.
"장소는?"
"일식당 기꾸입니다. 지하에 있습니다."
식당 입구에 대기하고 있던 종업원이 의원님을 방으로 안내했다. 뒤따르던 용철이는 방 안에 먼저 도착해 기다리고 있는 재벌 회장을 보았다. TV에서 보았던 것보다 훨씬 혈색이 좋았다. 회장은 자리에서 벌떡 일어났다.
"의원님. 어서 오십시오."
"먼저 와 계셨군요."
용철이는 의원님과 회장이 자리에 앉는 것까지 확인하고 가방모찌들을 위해 별도로 마련된 방으로 갔다. 회장의 가방모찌가 전복죽을 시켜 놓고 용철이를 기다리고 있었다.

새벽까지 조문정치를 하는 바람에 용철이는 몹시 피곤했다. 잠이 부족해 입맛도 없었다. 전복죽을 한두 숟가락 뜨고 의자에 앉아 눈을 붙였다.

의원님은 지역구 길목에 있는 장례식장을 퇴근길에 매일같이 들렀다. 동네사람들이 이용하는 곳이어서 장례식장이라기보다는 차라리 표밭이라고 부르는 것이 어울렸다. 표밭에서 조문을 마치면 자정을 넘어 귀가하기 일쑤였다. 유권자 관리차원에서 이보다 더 좋은 것이 없다고 의원님은 장례식장을 떠날 때마다 녹음기처럼 반복해 말했다. 용철이는 이것을 '조문정치'로 명명했고 일정담당비서는 '장례식장 방문'이라고 적어 오던 일정표에 언젠가부터 '조문정치'라고 적었다.

의원님의 저녁 일정이 일찍 끝나기라도 하는 날에는 조문정치 현장에서 유권자들을 더 많이 만날 수 있었다. 사람들이 따라주는 소주를 한 잔씩만 받아 마셔도 두세 병이 훌쩍 넘었다. 이런 날이면 용철이는 의원님이 계시는 술상 앞으로 다가가 조용하게 그러나 모든 사람들이 들으라고 말했다.

"의원님. 국무총리가 지금 급하게 만나자고 합니다."
그러면 의원님이 정리했다.
"그 일이 결국 터져 버렸구만. 먼저 일어나야겠습니다."

그러면 아무도 의원님을 붙잡지 않았다. 오히려 야밤에 문상을 와 주신 것에 감격했다.

"이 야심한 밤에 국무총리가 뵙자 할 정도로 바쁘신 의원님께서 문상을 와 주시니 감사할 따름입니다."

용철이는 매번 국무총리를 팔기가 좀 그럴 때면 가끔 대통령도 팔았다.

지난밤에도 어김없이 장례식장에 들렀다. 조문정치를 마치고 자정이 훌쩍 넘어 귀가 중인 의원님은 하얀 소복 차림으로 걸어가는 여인을 발견했다. 의원님은 마치 귀인이라도 만난 것처럼 말했다.

"저기 저 여자 입은 옷이 소복 맞지? 어디로 들어가는지 잘 보게. 저 집이로구만."

의원님은 용철이에게 여인이 들어간 집이 상갓집인지 확인해 보라고 했다.

"의원님. 상갓집 맞습니다."

"그러면 조문하고 가야지."

의원님은 다시 검정색 넥타이를 챙기고 조문을 하려고 집 대문을 조심스레 열었다. 그리고 집 안을 살폈다. 그때 대문 옆에 있던 개가 짖었다.

개 짖는 소리에 상주로 보이는 사내가 현관 밖으로 나오더니 의원님을 보고 놀란 표정으로 말했다.

"혹시 국회의원님 아니세요?"

"지나다가 상중이신 것 같아 조문하려고 왔습니다."

"부고도 안 돌렸는데 어떻게 아시고 오셨습니까? 그것도 야심한 이 밤중에. 하…지역을 밤낮 없이 살피시는 의원님께 정말 감동 먹었습니다."

이렇듯 호의적인 반응을 보이는 유권자도 있었지만 늘 똑같은 반응이 돌아오는 것은 아니었다. 이를 테면 의원님을 싫어하고, 상대 당을 지지하는 이들의 경우였다. 이들은 의원님이 찾아가도 세모눈을 하고 부정적으로 그를 바라봤다. 표를 벌기 위해 조문정치를 하는 의원님을 아니꼽게 생각하는 게 눈에 보였다.

그래도 의원님은 불쾌한 기색을 전혀 내보이지 않고 넉살도 좋게 절을 올린 뒤 빠져나왔다. 그러다 한 번은 제대로 시비가 걸린 일이 있었다.

"아니, 아무 연고도 없는데 왜 굳이 찾아오셨습니까?"

"어이쿠, 죄송합니다. 국회의원으로서 그냥 지나칠 수가 없었습니다."

"뭐 조의금이라도 주실 겁니까? 필요 없수다. 식사는 대접 못 하니까 그냥 가시오!"

이때 용철이 재빨리 끼어들어 의원님의 체면이 상하지 않도록 으름장을 놓았다.

"문상 온 사람을 이렇게 대접해도 되는 겁니까? 의원님이 잘못하신 게 뭐가 있습니까?"

"아니, 왜 부르지도 않았는데 찾아오냐고! 안 그래도 다들 힘든 와중에 이렇게까지 얼굴을 들이밀어야 되겠어?"

"지금 말 다했습니까?"

"자자, 그만! 용철 군, 그만하게."

의원님이 짐짓 어른스럽게 타이르면 용철은 의원님 때문에 참는다는 표정으로 뒤로 물러섰다. 의원님은 다시 한 번 정중히 90도로 폴더인사를 하며 "심려를 끼쳐드려 죄송합니다"라고 말하고 두말없이 장례식장을 빠져나왔다.

"짜증나는 놈이 걸렸네요. 의원님, 괜찮으십니까?"

"허허, 이 정도 일이야 다반사지. 이런 거 견디지 못할 멘탈이면 국회의원 하겠나?"

의원님의 여유로운 미소를 보며 용철은 내심 감탄했다. 그래, 개가 아무리 짖어대도 개는 개일 뿐이다. 용철은 새가 되고 싶었다. 그것도 넓은 날개와 고고한 자태를 지닌 봉황이 되고 싶었다. 어떤 일이 있어도 흔들리지 않는 바위 같은 기반을 가진 '있는 놈'이 되고 싶었다. 사소한 시비 정도에는 끄떡도 하지 않을 수 있는!

그걸 배우기 위해서라면 지금 하는 일이 아무리 고되어도 참을 수 있었다.

새벽까지 조문정치를 하시는 의원님 덕분에 용철이의 수면시간이 줄어들어 이날 아침은 더더욱 피곤했다.

조찬을 마친 의원님이 재벌 회장님과 사이좋게 손을 잡고 밀실에서 나왔다. 남의 눈에 띄는 것이 싫어 식당 입구에서 악수만 하고 헤어졌다. 호텔 현관 앞에 대기 중인 차를 타려는 순간 의원님이 용철이에게 말했다.
"봉투를 놓고 왔네. 내가 앉았던 자리에 있을 거야."
용철이가 서류봉투를 가져왔고 의원님은 국회로 가자고 하셨다.

국회의원회관에는 국회의원들만 이용할 수 있는 전용 목욕탕이 있었다. 사람들은 그곳을 건강관리실이라고 불렀다. 조찬을 마치고 다음 일정이 없는 경우 의원님은 건강관리실에 들렀다. 집에서 고양이 세수만 하고 나온 날이면 더더욱 건강관리실에 들러 샤워도 했고, 헬스 기구들이 갖춰져 있기에 평소 부족한 운동도 그곳에서 해결했다. 건강관리실 입구에서 의원님은 용철에게 아까 그 서류봉투를 건네며 말했다.

"내 책상 위에 올려놓게."

용철이는 재벌 회장이 국회의원에게 건넨 봉투 속에 무엇이 들어 있는지 몹시 궁금했다. 책상 위에 봉투를 놓기 전에 내용물을 들여다보았다. 컬러로 인쇄된 종이에 잠수함 사진이 보였다.

'아니 웬 잠수함?'

궁금증이 더해져 아예 꺼내서 살펴보았다. 국산 잠수함을 만들려고 하는데 정부에서 이런저런 지원을 해달라는 내용이었다. 궁금증에 비해 싱겁기는 했지만 재벌회장의 민원은 역시 사이즈가 달랐다.

오후에 의원님이 급히 지역구에 가신다고 했다. 용철이는 의원님의 일정표를 꺼내 보았다. 오후에 지역구에서 특별한 일정이 없었다. 지역구로 이동 중에 의원님의 핸드폰이 울렸다.

"지금 가고 있어요. 조금만 기다리세요."

의원님은 전화를 끊자마자 혀를 차며 혼잣말을 했다.

"살다 살다 별 이상한 놈을 다 보겠구만."

"의원님 무슨 안 좋은 일이라도 있으십니까?"

"며칠 전 지역행사장에서 어떤 녀석 하나가 오더니 내가 축사하면서 국회의원은 지역주민들의 머슴이니 시킬 일 있으면 어떠한 일이라도 시키라고 했다며, 핸드폰이 필요한데 사 달라는 거야. 어이도 없고 주위에 사람도 많아서 그저 지나가는 말로 알았다고 했더니 그날 이후 하루가 멀다 하고 연락이 오네. 약속을 지키라고. 지금 그 약속 지키러 가는 길이네."

"의원님, 그런 약속은 안 지키셔도 될 것 같은데요?"

"이런 녀석이 국회의원을 만들 수는 없어도 떨어뜨릴 수는 있어. 막말로 이 녀석이 '목욕탕에서 국회의원을 만났는데 구슬을 박았더라' 이런 거짓말을 하고 다닌다고 쳐 보세. 좋은 소문은 금방 안 퍼지는데 이런 소문은 순식간에 퍼져. 그렇다고 보여 줄 수도 없고. 이런 녀석들은 다독이면서 가야 돼. 불 끄는 비용보다 예방하는 비용이 싸게 먹혀."

'그래. 기회비용'

용철은 속으로 고개를 끄덕였다. 또 하나의 처세술을 배웠다. 줄 것은 주어야 한다. 그래야 큰일을 할 수 있다.

어느 날이었다.

국회의원회관 복도에서 우연히도 예전에 봉사했던 영아원 원장님을 만났다.

"원장님 아니세요? 이게 얼마만이에요."

"아니 이게 누구예요. 용철 봉사자님!"

"맞습니다. 저 용철입니다. 의원회관에서 일하고 있습니다. 저희 사무실에 가셔서 따뜻한 차 한잔하시죠."

용철이는 근 10년 만에 만난 원장님을 사무실로 모시고 갔다.

"아기들은 잘 있지요? 선생님들도요. 보고 싶네요."

"그럼요. 봉사자님과 함께하시던 선생님들 중 일부는 떠나신 분들도 계세요. 선생님들과 아기들 모두 잘 지내고 있습니다."

"의원회관에는 어떤 일로 오셨어요?"

"영아원 관련해서 저희 지역구 의원님께 부탁드릴 일이 있어서 왔습니다."

"혹시 저도 힘이 될 일 있으면 언제라도 말씀해 주세요."

원장님과 헤어진 용철이는 영아원 자원봉사 이후 늘 갖고 있던 고민이 떠올랐다. 군대에서도 했던 바로 그 생각이었다. 아기들을 보육원으로 보내지 않는 대체가정을 만들 수 없을까? 용철이는 평소 가깝게 지내는 복지부 과장에게 바로 전화를 걸어 빠른 시일 안에 만나기를 희망했고 며칠 후 과장이 의원실로 찾아왔다.

"과장님. 대체가정 형태의 그룹홈에 대해 알고 싶습니다."

"일반 가정과 같은 환경을 제공할 수 있기 때문에 보호기관에서 보호받고 있는 아이들에게는 정서적으로 매우 좋은 제도라고 생각합니다."

"그렇게 좋은 제도를 시행하지 않는 이유는 뭔가요?"

"결국 돈의 문제이지요. 예산의 문제입니다."

"그룹홈 제도를 시행할 경우, 보호기관에 있는 아이들에게는 물론 넓게 보면 우리 사회에도 많은 긍정적인 효과를 미치지 않을까 생각됩니다."

"보좌관님 말씀에 동의합니다. 그래서 예산의 우선순위를 결정하는 일이 매우 중요합니다."

"그럼 예산의 우선순위는 누가 결정하나요?"

"정치하시는 분들이 결정하시는 것 아닌가요?"

"과장님. 돈만으로 할 수 있는 일이라면 돈 많은 재벌기업들이 제일 잘할 수 있겠지요. 하지만 그룹홈과 같은 시스템을 만드는 일은 돈만으로 할 수 있는 것이 아니고 철학과 지속성이 있어야 가능한 일이라고 생각합니다. 기업이 한다면 일회성으로 끝날 수밖에 없겠지요. 그래서 정부의 역할이 중요하다고 생각합니다. 정부정책은 지속성을 담보해야 하잖아요. 그래서 정책으로 가야 하는 사업이기 때문에 정부의 역할이 중요합니다. 정부가 나서야 한다고 생각합니다."

과장은 그룹홈 사업이 다음 년도 중점사업이 되도록 노력하겠다고 약속했다.

용철은 마음이 뿌듯해졌다. 자신이 이루고자 한 것들 중 하나에 가까워진 것 같았다. 아직은 어떻게 될지 모르지만 일단 씨를 심어놓았으니 뭐라도 필 것 같았다.

용철이 할 수 있는 작은 권력의 행사였지만 그 효과를 피부로 느끼니 정말 색다른 자부심이 생겼다.

국감

　무더운 여름이 지나고 낙엽이 우수수 떨어지는 가을이 되었다.
매년 이맘때 국회의원회관은 국정감사 준비로 분주했다.
　국정감사는 국회가 행정부를 감시하기 위한 것이지만 실상은
국정감사를 통해 야당은 현 정권의 잘못을 밝혀내기 위해 총력을
기울였다. 다음 정권을 차지하기 위해서였다.

　국정감사 경험이 없는 용철이는 국회의원에게 감사를 받아야 하
는 기관 가운데 규모가 상대적으로 작은 산하기관 두 개를 맡았다.
　의원님은 국정감사 준비에 전념하라고 용철이를 수행업무에서
잠시 놓아 주었다. 국정감사가 처음인 용철이는 이를 어떻게 준비
해야 할지 막막했다. 군 전역 이후 서류가 잘못됐다며 다시 군대
에 끌려가는 악몽을 몇 차례 꾸었던 용철이가 지난밤에는 국정감
사 준비를 잘못했다고 경찰서에서 고문당하는 악몽을 꾸었다.

용철이는 자신이 맡은 기관과 관련된 신문기사를 우선 열심히 뒤졌다. 그러다 기가 막힌 아이디어가 떠올랐다. 그 기관만을 전문으로 취재하는 신문사의 기자와 협업을 하면 어떨까? 용철이는 그런 기자를 알아냈다.

"김전문 기자입니다."

용철이는 김 기자에게 자신이 연락한 이유를 설명했다. 목마른 놈이 우물 판다고 바로 다음 날 오렌지주스를 사들고 신문사를 찾았다.

"김 기자님께서 기관을 출입하시면서 평소 취재하고 싶었던 아이템들을 정리해 주시면 제가 관련 자료를 기관에 요청하겠습니다. 저는 그 자료로 국정감사 질의서를 만들고 김 기자님은 기사를 쓰면 되겠습니다. 어떠세요?"

"굿 아이디어입니다. 사실 저도 기사를 쓰고 싶은 것들이 많은데 기관에서 관련 자료를 절대 주지 않습니다. 의원실에서 달라는데 안 주고 배기겠습니까?"

용철이와 김 기자의 이해관계가 맞아 떨어졌다. 그렇게 둘은 의기투합했다. 며칠이 지나서 김 기자로부터 전화가 왔다.

"보좌관님. 직원들의 해외출장 기록을 살펴봐야 할 것 같습니다. 직원들이 회사에 보고한 출장기간보다 늦게 출국하고, 일찍 귀국해 놓고 출장비는 신청한 기간만큼 다 받아가는 것 같아요. 회사로 출근도 하지 않으면서요."

"허위출장이로군요. 출장비는 모조리 챙기고."

"바로 그겁니다. 참 이해력이 빠르시네요 하하하."

용철이는 그 기관에 최근 5년간 직원들 해외출장기록 일체를 달라고 요청했다. 출장보고서도 함께 요구했다. 그리고 법무부 출입국관리사무소에는 해당 직원들의 실제 출입국 기록 확인서를 요청했다. 일주일쯤 지나 기관의 직원이 용철이가 요청한 자료를 수레에 한가득 싣고 의원회관으로 찾아왔다.

"요청하신 자료의 분량이 많아 정리하는데 시간이 좀 걸렸습니다. 지난 주말 직원들이 쉬지도 못했습니다. 수레로 몇 번 더 날라야 할 것 같습니다. 자료는 어디다 놓을까요?"

"복도에 두세요."

예상 외로 양이 많아 사무실에 쌓아 놓을 곳이 마땅치 않았다.

요청한 자료를 받기는 받았는데 방대한 분량에 용철이의 기가 꺾였다. 하지만 한편으로는 오기도 발동했다.

"누가 이기나 보자."

이틀 밤을 새워 가며 기관과 출입국관리사무소 양쪽 자료를 대조했다. 용철이의 키보다 더 높게 쌓여 있는 출장보고서는 아예 볼 엄두가 안 났다.

'뭔 해외출장을 이렇게 많이 다녀?'

투덜거리며 시작한 대조작업이 월요일에 시작해 수요일에 끝났다. 꼬박 사흘이 걸렸다. 수고가 헛되지 않았다.

"이 인간들 보게?"

용철이는 마치 특종거리를 발견한 기자와도 같이 흥분됐다. 의원님이 국정감사장에서 기관을 조질 모습을 상상하니 며칠간의 개고생은 온데간데없고 갑자기 엔도르핀이 치솟았다. 의원님이 읽을 질의서와 보도자료도 꼼꼼하게 챙겼다. 그리고 약속한 대로 보도자료는 김 기자에게 가장 먼저 전달했다.

그 기관을 조져버릴 국정감사 바로 전날 늦은 밤에 기관의 사장이 미리 연락도 없이 의원회관 사무실로 용철이를 찾아왔다. 사장은 다짜고짜 용철이 앞에 무릎을 꿇었다.

"보좌관님 살려 주십시오. 다시는 허위출장이 발생하지 않도록 저의 직을 걸고 맹세하겠습니다."

큰아버지뻘은 되어 보이는 사장이 무릎을 꿇고 싹싹 비는데 너무 부담스러웠다. 용철이는 당황한 나머지 사장과 눈높이를 맞추기 위해 똑같이 무릎을 꿇었다.

"아이고 왜 이러십니까 부담스럽게. 일어나서 말씀하세요. 이런다고 허위출장이 없어집니까."

"저희는 국민의 세금을 도둑질했습니다. 더구나 저는 책임을 져야 할 자리에 있는 사람입니다."

"알았으니까 일어나세요. 여기 의자에 앉아서 말씀하시라구요."

전의가 불탔던 용철이의 마음이 잠시 흔들렸지만 이미 엎질러진 물을 다시 주워 담을 수는 없었다. 하지만 물은 물이고 산은 산인 것처럼, 일은 일이고 예의는 예의였다.

용철이는 사장을 달래 의원님 방으로 데리고 가 소파에 앉히고는 따뜻한 차까지 대접했다.

"의원님과 상의해 최대한 다치지 않도록 질의하겠습니다."

말이라도 따뜻하게 해주고 싶었다.

다음 날 오전 국정 감사가 시작됐고 어젯밤 싹싹 빌던 사장은 밝은 색 넥타이를 매고 환하게 미소 띤 얼굴로 피감기관 사장자리에 앉아 있었다.

'잠시 후면 저 밝은 미소가 썩은 미소로 바뀔 텐데 불쌍해서 어쩌나?'

세금을 낭비한 공직자들을 준엄하게 꾸짖을 첫 국정감사 데뷔를 앞둔 용철이의 마음이 설렜다. 태어나 처음으로 애국하고 있다는 생각이 들어 뿌듯했다.

그런데 어찌된 일인지 의원님은 용철이가 준비한 질의서를 읽지 않았다.

"내가 집권당 실세 아닌가. 그런 내가 공직자들이 푼돈 가지고 장난 좀 친 걸 카메라 앞에서 떠들면 좀 그렇지 않나? 이런 건 야당의원이 떠들어야 맛이 나지. 그리고 무엇보다 BH어르신께 누가 되지 않겠나. 그래서 그냥 서면질의로 대체했네. 준비하느라 수고 많았어."

아니 이럴 수가? 고생한 보람이 날아갔다는 사실에 용철은 숨이 턱 막혔다. 입안에 쓴맛이 돌았다. 하지만 어쩌겠는가. 용철은 잊어버리기로 했다. 좋은 게 좋은 거라고. 이제 와서 자기가 뭘 어쩌겠는가. 입맛을 다시며 용철이는 국정감사 마지막 날로 예정되어 있는 두 번째 기관의 감사준비는 아주 살살 하기로 했다.

한편으로 모든 게 순리대로 굴러가는 건 아니구나 하는 깨달음을 얻었다. 이런 일은 앞으로도 얼마든지 더 있을 것이고 무엇을 터뜨리고 무엇은 감춰주어야 하는지 배워야 할 것이었다. 한 사람을 매장시킬 수도 있는 힘의 행사! 그 힘을 어떻게 쓰느냐가 관건인 셈이었다. 일반인들은 모르는 거대한 움직임이 느껴졌다. 용철은 살짝 소름이 돋았다. 신(神)의 손가락을 목격한 기분이었다.

실탄

보궐선거 현장에서 열심히 선거운동을 하고 있는 용철이를 의원님께서 호출하셨다.

"내일 아침 나하고 갈 곳이 있으니 의원회관으로 오게."

용철이는 일주일 만에 집에 왔다. 선거운동 현장에서는 청바지 차림으로 돌아다녔지만 의원님을 만나는 날은 양복으로 차려입었다.

"선거운동 하느라 수고 많지? 오늘은 나하고 같이 좀 다녀야겠어."

의원님과 함께 남산 근처 호텔로 향했다.

회전문을 통해 호텔 로비로 들어갔다. 의원님은 용철이에게 로비에서 기다리라고 하고 엘리베이터를 타고 올라갔다. 용철이는 소파에 앉아 눈을 붙였다. 가수면 상태인 용철이 귀에 무전기 소리가 들렸다.

"지지… 일 번 박스 내려옵니다."

박스가 내려온다는 소리에 용철이는 눈을 떴고 주위를 살폈다. 건너편 소파에 양복을 깔끔하게 차려입은 건장한 사내 둘이 앉아 있었는데 무전기를 들고 있었다. 엘리베이터 입구에도 비슷한 스타일의 남성 두 명이 팔을 들어 양복 소매를 입에 갖다 대고 나지막한 목소리로 누군가와 대화를 하고 있었다. 곧이어 맞은편 사내 둘도 소파에서 일어나 엘리베이터 앞으로 걸어갔다. 엘리베이터 앞에 서 있던 둘은 빠른 걸음으로 현관 방향으로 향했다. 회전문 밖에는 광이 번쩍번쩍 나는 검정색 승용차 세 대가 대기하고 있었다.

용철이의 눈은 다시 엘리베이터 쪽으로 향했다. 3. 2. 1. 땡. 1층에 멈춘 엘리베이터에서 TV화면에서만 보았던 중앙정보국장이 내렸다. 곧이어 두 사내들의 경호 속에 현관문을 벗어났다. 중앙정보국장은 세 대의 승용차 가운데 두 번째 차량에 올랐다. 함께한 사내들도 앞 뒤 차에 나눠 타고 호텔을 미끄러지듯 빠져나갔다. 그 모습이 용철이의 눈에는 영화의 한 장면처럼 멋있게 보였다.

그들이 떠나고 5분가량 지나 의원님이 중앙정보국장이 내렸던 같은 엘리베이터에서 내렸다. 용철이는 운전기사에게 전화를 걸어 호텔 현관에 차를 대라고 말했다. 의원님과 용철이도 현관 앞에 도착한 차를 타고 호텔을 빠져나갔다.

차는 의원님이 가자고 하는 곳으로 향했다. 한적한 곳이었다. 의원님은 운전기사에게 차를 세우고 비상등을 켜라고 지시했다. 5분쯤 지났다. 차 뒤로 검정색 차량 한 대가 바짝 붙었다. 의원님이 운전기사에게 또 지시했다.

"트렁크를 열게."

기사는 의원님의 말이 떨어지기가 무섭게 트렁크를 열었다. 차량의 뒤 트렁크가 열리자 바짝 붙어 있던 차량의 뒷문이 열렸고 한 사내가 양손에 커다란 가방을 들고 내렸다. 그는 의원님 차 트렁크 안으로 가방을 집어넣고 트렁크를 세게 닫고는 잘 닫혔는지 양손으로 들썩들썩 확인까지 했다. 사내는 내릴 때와 다르게 이번에는 조수석으로 올랐고 이내 차량은 의원님의 차를 앞질러 매우 빠른 속도로 사라졌다.

"우리도 출발하자."

"의원님 어디로 모실까요?"

"보궐선거 지역으로 가자."

속도를 내라고 재촉하는 의원님의 성화에 운전기사는 시속 100km 넘게 밟았다. 자동차 전용도로가 끝나고 번잡한 시내에 접어들었다. 멀리 스포츠 용품점이 보였다.

"저 가게 앞에 잠깐 차를 세우게. 저기 가방도 팔겠구만. 이만한 크기의 가방을 하나 사오게."

의원님은 양손을 가슴 크기만큼 벌렸다. 용철이에게 현금 이십

만 원을 주었다. 용철이는 주인에게 그만한 크기의 가방을 달라고
했다.

"가방 사고 남은 돈입니다."

"자네 쓰게."

다시 출발한 차량은 보궐선거 지역으로 들어섰다. 의원님은 운
전기사에게 주소가 적힌 쪽지를 건네면서 그곳으로 가자고 했다.
지은 지 오래되어 보이는 건물이 나타났다. 의원님은 누군가와 통
화를 하며 그곳이 맞는지 다시 확인을 했다.

"건물 뒤로 가면 주차장이 있다고 하니 오른쪽 골목으로 들어가
보게."

주차장에서 차가 멈추자 의원님은 운전기사에게 차에 있으라
고 지시하고는 용철이와 둘이 계단으로 올라가 미로와 같은 복도
를 따라 허름한 사무실로 들어갔다. 해가 서쪽으로 넘어가고 있는
탓에 창문 너머 하늘이 그날따라 유독 붉게 물들어 있었다. 사무
실에는 아무도 없었다. 사무실에 대한 첫 인상은 음습한 분위기로
마치 범죄 소굴을 연상케 했다.

"용철 군. 조금 있으면 키와 코가 아주 큰 사람이 올 거야. 그런
사람이 오면 나를 깨우게. 저쪽에서 잠시 눈 좀 붙이고 있을게. 오
늘 유별나게 피곤하구만."

의원님은 키가 높은 파티션 안쪽에 있는 소파에서 눈을 붙였다.

용철이는 창가에 기대어 석양의 노을을 다시 바라보았다. 의원님의 코고는 소리가 들렸다. 피곤하다더니 코고는 소리도 유별나게 컸다. 그렇게 삼십 분쯤 지나자 의원님 말대로 키와 코가 유난히 큰 남자가 사무실로 들어왔다.

용철이는 자리에서 벌떡 일어났다.

"의원님 만나러 오셨습니까?"

"그런데요. 의원님 어디 계신가요?"

용철이는 의원님에게 다가가 작은 목소리로 깨웠다.

"키와 코가 큰 사람이 왔습니다."

"어 그래."

의원님은 잠을 깨려는 듯 머리를 좌우로 흔들며 일어나 키와 코가 큰 사내를 소파 쪽으로 불렀다. 용철은 속으로 두근거리는 가슴을 진정시키기 위해 애를 썼다. 지금 무슨 일이 일어나고 있는 것인지 알 듯 모를 듯했다.

"동생. 저녁식사는 했어?"

"아직 안 먹었습니다. 사람들은 조금 있으면 올 겁니다."

"음. 그래."

용철이 눈에 이 낯선 사내는 의원님과 매우 가까운 사이처럼 보였다. 잠시 후 주위를 두리번거리면서 또 다른 사내가 문을 열고 사무실로 들어오더니 조그마한 소리로 말했다.

"박 사장이 보내서 왔습니다."

키와 코가 큰 사내는 의원님이 단잠을 자던 키 높은 파티션 안 소파에 앉았고, 의원님은 용철이를 불러 귀에 대고 속삭였다.

"파티션 안에 있는 동생이 자네에게 사인을 주면, 심부름을 하게."

키와 코가 큰 사내는 용철이 손바닥에 손가락으로 숫자를 그렸다. 그러면 용철이는 주차장으로 내려갔다. 기사가 차 트렁크를 열었다. 빳빳한 지폐다발이 눈에 들어왔다. '실탄'이었다.

용철은 떨리는 손으로 숫자만큼의 실탄을 미리 구입한 가방에 넣어 키와 코가 큰 사내에게 전달했다. 남의 눈에 띄지 않도록 주위를 살펴가며 심부름을 했다.

국회의원들의 차량만 20년 넘게 운전해 눈치가 9단인 운전기사는 주차장 가장 후미진 구석에 트렁크가 담장에 바짝 닿을 정도로 세워놓았다. 용철이가 나타나면 트렁크를 열어주었고, 용철이는 실탄 다발을 가방에 주워 담고는 바로 트렁크를 닫았다.

의원님은 창가에 서서 상황을 두세 번 지켜본 뒤 키와 코가 큰 사내에게 한마디 던지고 사무실을 나갔다.

"신분 확인 잘하게."

키와 코가 큰 사내는 찾아오는 사람들의 신분을 일일이 확인한 후 실탄을 전달하고 사인을 받았다. 10분 간격으로 오는 사람들은 사무실에 들어오면 예외 없이 첫마디가 "박 사장이 보내서 왔다"였다.

다람쥐가 쳇바퀴를 돌 듯 사무실과 주차장을 오가던 용철이의 속옷이 어느새 땀으로 젖었다.

의원님이 사무실에 다시 들어와 키와 코가 큰 사내에게 물었다.

"끝났는가?"

"두 명 더 오면 됩니다."

"그럼 끝나고 건너편 고깃집으로 오게. 밥이나 먹게."

의원님은 다시 나갔다.

키와 코가 큰 사내의 말처럼 두 사람이 더 오고 일이 끝나는 듯했다. 그때 사인을 받은 종이를 뚫어지게 쳐다보고 있던 사내의 얼굴이 갑자기 흙빛이 되었다. 그는 다시 한참을 테이블 위에 놓인 종이를 뚫어져라 쳐다보았다. 안 되겠다 싶었는지 거리를 두고 서성이던 용철에게 말했다.

"자네 이거 좀 봐봐. 좀 이상해."

"뭐가요?"

"숫자가 좀 안 맞아."

용철이는 사인을 받아 놓은 종이를 놓고 암산을 시작했다. 어릴

적 주산학원에서 암산만큼은 용철이를 따라올 사람이 없었다. 암산으로 몇 번을 해 보아도 다섯 개가 비었다. 그런데 사인이 없는 공란이 보였다.

"여기에 사인이 없네요. 한 분이 사인을 안 하신 것 같은데요?"

순간 곁에서 지켜보던 키와 코가 큰 사내의 얼굴이 흙빛에서 갑자기 앵두처럼 빨개졌다. 그는 자신의 몫으로 미리 다섯 개를 빼돌렸고 자신의 사인을 가라로 해놓는다는 것을 깜빡 잊고 있었던 것이다. 사내는 당황한 표정으로 용철이에게 말했다.

"어이… 떡을 주무르다 보면 떡고물이 손에 묻는다는 말 들어봤지?"

용철은 짐짓 정색을 하며 대답을 했다.

"못 들어봤는데요."

"그런 게 있어… 에이 시발…."

사내는 허공을 향해 괜히 욕지거리를 해댔다. 쪽팔려하는 기색이 역력했다.

의원님이 고양이에게 생선가게를 맡긴 꼴이었다.

생각해 보면 이런 일은 비일비재할 수밖에 없었다. 실탄을 챙기고 나눠주는 일은 철저히 비밀이었으므로 그 과정에서 떡고물이 조금 새어나간다고 해도 누가 뭐라고 따지기가 참 애매했다. 그래서 선거판의 돈은 눈먼 돈이라고 했다. 지나치게 큰 액수만 아니면 눈감아 주는 게 관례인 듯했다. 그래도 용철은 확실히 하고자 의원님께 이 사실을 고했다. 의원님은 허허 웃더니 넘어가라고 했다. 다만 다음번부터는 그를 볼 수 없을 거라고 했다. 정치판은 냉정했다.

염소

선거대책본부장이 주재하는 아침회의에 조직실장이 큰 가방 두 개를 양손에 들고 낑낑거리면서 들어왔다. 가방에는 실탄이 가득했다. 본부장은 회의에 참석한 지역별 조직책임자들에게 실탄을 몇 다발씩 건네면서 하부조직 책임자들에게 전달하라고 지시했다. 용철이도 실탄다발을 양쪽 안주머니에 가득 집어넣고 하부조직 책임자의 집에 도착했다.

"실탄입니다."

목이 빠지게 실탄을 기다리던 그는 이내 환한 미소를 지었다.

보궐선거는 중앙당에서 모든 화력을 집중했다. 선거에서의 화력은 실탄과 비례했다. 실탄은 표를 사는 데 쓰였다.

아침 7시 선거캠프 전체회의가 끝나면 용철이는 근처 백반 집에서 아침밥을 해결했다. 여느 날처럼 밥을 먹고 자판기 커피 한

잔을 손에 든 채 백반 집 문을 나서다가 대각선 골목 끝 후미진 곳에서 선거대책본부장 보좌관의 뒷모습이 보였다. 두 손을 아랫도리 거시기 쪽으로 모은 채 서 있었다. 출근 시간 주택가에서 설마 소변을 보고 있나 싶어 전봇대에 몸을 숨기고 훔쳐보았다. 보좌관은 실탄을 묶어 놓은 띠지를 떼어내어 입 속에 집어넣고는 주위를 두리번거리면서 염소마냥 잘근잘근 씹어 먹고 있었다. 디지털 세상이 오기 전 영어 단어를 외우기 위해 사전을 찢어 씹어 삼켰다는 얘기는 들어 보았지만, 염소가 종이를 씹어 먹듯 사람이 종이를 씹어 삼키는 장면을 목격한 것은 처음이었다. 그는 띠지를 떼어 낸 실탄을 두어 장씩 포개더니 딱지를 접었다. 갈수록 그의 요상한 행동에 용철이의 궁금증이 더해만 갔다. 마치 숫총각이 여자 목욕탕을 훔쳐보는 것처럼 가슴이 콩닥거렸다.

그는 자신이 접은 딱지를 옷에 달린 주머니란 주머니에 모조리 쑤셔 집어넣었다. 그리고 마치 범죄현장을 떠날 때처럼 주위를 두리번거리면서 황급하게 자리를 떴다. 전봇대 뒤에서 자신을 훔쳐보고 있는 용철이를 전혀 알아채지 못했다. 용철이는 멀어져가는 그를 계속 관찰했다. 그는 마치 아무 일도 없었다는 듯이 옷매무새를 정돈하고는 길가에 앉아 있는 노인들에게 다가가 90도 각도로 인사를 했다. 그리고 오른손으로 주머니에서 딱지를 하나씩 꺼내더니 노인들과 악수를 하면서 실탄을 건넸다. 손에 딱지를 받아든 노인들은 삶의 연륜만큼이나 눈치가 빨랐다. 바로 고개를 끄덕였다.

종이를 삼켜가며 물증을 인멸해 버린 선대본부장 보좌관의 살 신성인 정신 앞에 용철이의 고개가 저절로 숙여졌다. 과연 이쪽 업계선배로서 그는 뭐가 달라도 달랐다. 용철은 자신도 딱지를 접 어야 할지 고민했다. 어디까지 할 수 있을지 자신이 없었다. 누구 를 공략해야 할지도 아리송했다. 아무튼 한 발을 들여놓은 이상 뭐라도 하게 될 거였다. 자신이 발 들이는 이곳이 자신을 어떻게 변화시킬지도 생각해 봐야 할 문제였다. 그러면서도 왠지 끌려드 는 이 마음을 속일 수는 없었다. 비밀스러우면서도 대가가 확실한 곳. 음지와 양지가 번갈아 존재하는 정치판의 매력은 젊은 용철에 게 도전정신을 불러일으켰다. 두려우면서도 가슴이 두근거렸다. 언젠가 자신의 자리가 놓이게 될 거란 생각에 한 치 앞도 알 수 없 는 미래지만 뭔가 대단한 것이 다가오는 느낌도 들었다. 이왕 이 곳을 선택한 이상, 한번 끝까지 가보자는 생각이 들었다. 가슴속 불꽃이 크게 한 번 출렁였다.

표

　대한민국에는 협회들이 많다. 직능단체라고도 했고 이익단체라고도 했다. 동일한 업종에 종사하는 사람들은 협회를 만들어야 자신들의 목소리를 내기도 쉬웠고 그리고 힘을 발휘하기도 수월했다. 그래서 선거가 있는 때면 협회들의 몸값이 천정부지였다. 선거캠프는 이들의 표를 긁어모으기 위해 많은 공을 들였다. 협회의 표를 얻기 위해 보궐선거 지역으로 특별파견을 나온 사람들이 있었다.

　"용철 씨도 우리 일을 좀 도와야겠어."
　용철이까지 다섯 명의 사내가 성서에 나오는 마가의 다락방과도 같은 골방에 모였다. 물론 다락방과 골방의 용도는 180도 달랐다. 그들은 대형 가방을 들고 왔다. 우두머리로 보이는 사내가 가방을 열자 실탄이 가득했다. 또 다른 사내는 보궐선거 지역의 협회들이 빼곡하게 적혀 있는 공책을 꺼내더니 각자 담당하고 있는 협회를 확인했다. 우두머리로 보이는 사내가 실탄을 나눴다.

"여기는 열 개 또 여기는 다섯 개 그리고 여기는 또 열 개."
갑자기 우두머리로 보이는 사내의 얼굴이 벌게지더니 나머지 사내들을 쏘아보며 말했다.
"비는데."
우두머리로 보이는 사내 옆에 앉아있던 또 다른 사내의 눈이 동그래지며 그에게 물었다.
"얼마나?"
"열 개."
그러자 또 다른 사내가 별일이 아닌 것처럼 웃으면서 말했다.
"아이고, 난 또 깜짝 놀랐네. 엄청 비는 줄 알았지."
우두머리로 보이는 사내가 말했다.
"도대체 왜 비는 거지?"
별일 아니라는 듯 웃었던 사내가 말했다.
"착오가 생길 수도 있지 뭐."

사내들은 그냥 그러다 말았다. 경찰에 도난신고를 할 수도 없었다. 그들은 다시 실탄을 나누기 시작했다.
"여기는 두 개, 여기는 세 개."
각자의 실탄을 챙기고 골방을 나서 사내들은 어둠 속으로 총총히 사라졌다. 뒷모습만 봐서는 괴나리봇짐 들고 북만주 벌판으로 독립운동 하러 떠나는 애국지사의 모습이었다.

며칠이 지났다. 다시 용철이에게 호출이 왔다. 지난번 그 사내들과 만났던 골방에서 다시 모였다. 그날도 우두머리로 보이는 사내가 먼저 말했다.

"자 이제 표를 세어 봅시다."

사내들은 각자 수첩을 꺼내들고 표를 몰아주기로 다짐받았다는 협회 회원들의 머릿수를 세었다. 한 사내가 말했다.

"실탄이 바닥났는데. 조금만 더 있으면 여기서 천 표는 더 만들 수 있겠는데."

우두머리로 보이는 사내가 답했다.

"만들어 볼게. 실탄을 이렇게 쏘고도 전쟁에서 지면 넥타이 들고 산으로 가야지."

실탄을 그렇게 쏘고도 전쟁에서 졌다.

그들이 세었던 표들은 어디로 갔는지 아무도 알 수 없었다.

그리고 넥타이 들고 산으로 간 사람도 없었다.

택시투어

보궐선거의 승리를 위해 선거캠프는 사활을 걸고 싸웠다. 중앙당에서도 거의 모든 당직자들이 지역으로 내려와 동네 곳곳을 쓸고 다녔다. 실탄을 얼마나 많이 풀었는지 동네주민들은 강아지도 만 원짜리를 물고 돌아다닌다며 낄낄거렸다.

갈비탕 두세 그릇 못 얻어먹은 사람은 병신이라는 말도 돌았다. 그리고 갈비탕도 먹는 사람만 계속 먹고 다닌다며 이 와중에 한 그릇도 못 먹은 사람은 상병신이라는 말도 돌았다. 그래도 동네사람들은 지역 경제가 눈에 띄게 살아났다고 좋아했다. 보궐선거를 초등학교 운동회처럼 매년 봄가을로 했으면 좋겠다는 말도 들렸다. 동전의 양면처럼 음과 양이 함께하는 셈이었다.

중앙당의 당직자들 가운데 보궐선거 지역에 연고가 전혀 없는 사람들은 하루 종일 택시만 탔다. 기본요금 정도의 거리로 돌아다니면서 택시 기사에게 선거 얘기를 던졌다. 그리고 택시 기사의 반응을 떠보았다. 다행히 지지하는 후보가 같을 때는 택시 안의 분위기가 몹시 화기애애했고 거스름돈도 받지 않았다. 정말 기분이 좋으면 팁까지 얹어 주었다. 그러나 지지하는 후보가 다른 경우는 택시에서 바로 내렸다. 그리고 다른 택시를 탔다. 좁은 동네에서 택시를 하도 많이 타고 돌아다니다 보니 이미 탔던 택시를 또 이용하는 경우도 생겨 택시기사가 얼굴을 알아보기까지 했다. 그럴 때는 미소를 지으며 그냥 조용히 내렸다.

인내력이 형편없는 당직자들도 있었다. 지지하는 후보가 다른 택시기사와 서로 인상을 붉히면서 싸움으로 발전하는 경우도 발생했다. 어떤 당직자는 택시기사와의 말싸움이 몸싸움으로 발전해 결국 폭행죄로 경찰 조사까지 받았다. 혹 떼러 갔다가 혹을 붙여 온 격이었다.

선거에 도움이 되는 사람들은 잠행을 하며 표를 몰고 다니는 데 반해, 도움이 되지 않는 인간들은 오히려 일을 만들고 다녔다.

지켜보던 용철이는 이것이 세상의 이치려니 생각했다. 참으로 모든 것이 굴러가는 모습이 기가 막히게 조화롭구나. 그렇게 굴러가는 정치판에서 자신은 무슨 역할을 하게 될지 너무 궁금해졌다.

아날로그1

아날로그 시절이 있었다. 그 시절은 디지털 시대와는 많은 것이 달랐다. 사람도 달랐다.

도서관에서 점심 식사를 마치고 벤치에서 휴식을 취하고 있던 용철이에게 박학다식한 형이 '권력의 함수'라며 얘기했다.

"권력의 삼각관계에 대해 강의하겠다. 언론과 검찰과 국세청이 삼각관계다. 언론은 검찰을 잡는다. 검찰은 국세청을 잡는다. 그리고 국세청은 언론을 잡는다."

형은 도서관 구내식당에서 점심식사를 마치면 거의 하루도 빠짐없이 앞마당 벤치에 걸터앉아 좌중을 향해 세상 돌아가는 얘기를 해 주었다. 그의 진지함은 마치 보리수나무 아래의 싯다르타를 보는 것 같았다. 형의 얘기를 듣다 보면 어느새 해가 서쪽 하늘에 걸렸고 사람들은 자기자리로 돌아가 각자의 가방을 챙겨들고 나왔다. 그리고는 시장 선술집으로 몰려가 막걸리를 마시며 나머지 이야기를 마저 들었다. 어느 날부터인가 도서관을 떠나는 이들이 하나둘 늘어났다. 공부에 전념하기 위해서라고 했다. 그래도 형의 강의는 계속됐다.

형이 미처 모르는 것이 있었다. 언론은 검찰만 잡는 것이 아니라 국회의원도 잡았다. 어느 날 국회의원회관 사무실의 문을 요란하게 두드리는 소리가 맞은편 사무실에 앉아있던 용철이의 귀에까지 들렸다. 무슨 일인지 궁금해 복도로 나가 보았다. 한 남성이 잠겨 있는 사무실 문의 손잡이를 세게 흔들다가 손잡이가 통째로 흔들흔들 거렸다. 고장이 난 것이다. 그러자 이번에는 구둣발로 문을 툭툭 걷어차고 있었다.

"대낮에 문 걸고 뭐 하는 거야?"

그는 혼잣말을 크게도 했다.

잠시 후 사무실 문이 열렸고 여직원이 기어들어가는 소리로 그에게 말했다.

"기자님 죄송합니다. 사무실에 저 혼자 있는데 용변이 급해서 문을 잠시 잠갔습니다."

그 여직원은 평소 사납기로 소문난 여성이었지만 기자 신분증을 가슴팍에 달고 있는 기자에게는 순한 양이었다. 신기했다.

국회의원 방에는 의원 전용 화장실이 있다. 혼자 사무실을 지키던 여직원이 방을 비울 수가 없어서 급한 나머지 출입문을 잠그고 의원전용 화장실을 이용했던 모양이다. 기자 아니라 기자 고조할 아버지라도 문이 잠겼으면 그냥 가면 될 일이지 왜 문고리를 잡아빼고, 구둣발질을 하면서 소란을 피우는지 용철이는 도무지 이해가 가지 않았다.

기자들은 국회의원회관을 수시로 드나들었다. '마와리'를 돈다고 했다. '마와리'는 기자들의 은어로 사회부 기자들이 사건을 취재하기 위해 관할 경찰서를 도는 일이라고 했다. 정치부 기자들도 국회의원회관을 돌아다니며 '마와리'를 돌고 있다고 말했다. 국회의원실에 오면 머리만 문 안으로 쑥 집어넣고는 입구에 자리한 비서에게 "선배 계세요?"라고 물었다. 국회의원이 방에 없으면 명함을 놓고 가는 기자들도 있었지만 대부분은 그냥 갔다. 보좌관을 찾는 기자도 있었다. 국회의원이 없는 방으로 보좌관과 함께 들어가 차 한 잔 마시면서 떠들다 갔다.

국회의원이 방에 있을 때면 형식적으로 노크 한 번 하고 방문을 열었다. 그러면 국회의원은 "어서 오시게" 하면서 기자의 양손을 두 손으로 감쌌다.

기자들은 주로 이삼십 대였고, 나이가 많아야 사십대였다. 마와리를 도는 오십대 이상의 기자들은 거의 없었다. 나이가 어린 국회의원도 가끔 있었지만 대부분은 국회의원들이 기자들보다 나이가 많았다. 아버지뻘인 국회의원에게도 기자는 '선배'라고 불렀다.

기자는 국회의원으로부터 살포시 잡혔던 손을 풀고 소파에 앉았다. 비서가 들여온 차를 한 모금 마시고는 정치 현안에 대해 이야기했다.

"선배, 당은 어떻게 돌아가요?"

"허허 그거야 주 기자가 나보다 더 잘 알지. 어떻게 돌아가는지 얘기 좀 해줘."

대화는 짧았다. 기자가 자리에서 일어날 눈치를 주면 국회의원은 밖으로 나가 비서를 찾았다. 그리고 검지손가락으로 비서의 손바닥에 숫자를 썼다. 비서는 하얀 봉투에 손바닥 숫자만큼의 거시기를 담아 국회의원에게 건넸다. 기자는 그 시간만큼은 방에서 꼼짝도 하지 않고 기다렸다. 국회의원은 다시 방으로 들어갔고 곧 방 안에서 웃음소리가 들렸다. 국회의원과 기자는 손을 꼭 잡고 방에서 나왔다.

한 쌍의 원앙처럼 친근한 모습이었다. 살짝 역겹다는 생각도 들었지만 공생하는 또 하나의 모습이려니 했다.

아날로그2

    여당의 실세국회의원들과 청와대 출입기자들의 만찬이 광화문 뒷골목에 있는 요정에서 있었다. 만찬장으로 가는 의원님이 의기양양하게 말했다.

    "오늘 청와대 출입기자들을 모두 모아 놓고 술 한잔하는 것은 큰 의미가 있는 거야. 청와대 안방을 우리가 접수했다는 의미지."

    지은 지 반백년도 더 되어 보이는 주택을 요정으로 개조한 것 같았다. 대문을 들어가 계단을 오르니 잔디가 깔려있는 널따란 마당에 조명을 겸하는 석조상들이 여기저기 서 있었다. 현관에서 마루를 지나 제법 큰 방이 있고, 등받이가 있는 좌식 의자들이 교자상 양쪽으로 길게 늘어져 있었다. 기자들과 국회의원들이 뒤섞여 맥주로 마른 목을 축였다. 그날 다른 손님은 일체 받지 않았다. 만찬이 시작되자 한복으로 단장한 여인네들이 국회의원들과 기자들

사이사이에 앉아 술시중을 들었다. 한 기자가 큰 소리로 말했다.

"정권이 바뀐 지가 언제인데 이제야 이런 자리를 만드는 겁니까?"
"미안해. 새 정부가 출범하면서 할 일이 많은 것 알면서 그래. 이해해. 그 대신 오늘 확실하게 모실께."
"우리가 오늘 지켜볼 겁니다. 얼마나 세게 모시는지 하하하!"
"그만 마시겠다고 애원할 때까지 모실께!"

양주와 맥주를 섞은 폭탄주가 쉴 새 없이 돌았다. 한 시간쯤 지나서 노래방 기기가 방으로 들어왔다. 기타를 목에 맨 밴드마스터가 말했다.
"오늘 이 귀한 자리에서 국회의원님들과 기자님들을 모시게 되어 가문의 영광으로 생각합니다. 제 밴드마스터 인생에 오점이 없도록 젖 먹던 힘을 다해 모시도록 하겠습니다."
밴드마스터의 말이 끝나자 어느 국회의원이 바지주머니에서 장지갑을 꺼내어 만 원권 여러 장을 겹쳐 맥주잔에 두르고는 잔에 맥주를 가득 채워 밴드마스터에게 건넸다.

건배를 하고 잔을 돌리고 노래를 부르고 또다시 잔을 돌리다 보니 역시 술에는 장사가 없었다. 하나둘 옆으로 쓰러졌다. 신기하게도 사내들은 꼭 여인네들 쪽으로 쓰러졌다. 그때까지 살아남은 기자들도 더 이상 술은 못 마시겠다고 선언했다. 그만 마시겠다고 애원할 때까지 모시겠다는 약속이 지켜졌다.

여인들의 가슴팍에 얼굴을 묻고 추태를 부리는 이들도 있었다. 하지만 이 자리에선 그게 전혀 이상해 보이지 않았다. 무슨 일을 해도 아주 자연스러웠다. 여기는 동물의 세계였다. 자연스런 생태계… 용철은 그런 생각이 들었다. 마치 여러 웅덩이가 있으면 그곳에서 각각 살고 있는 물고기들의 모습이 다르듯, 이는 그저 생리적인 사회의 일면이었다. 물고기처럼 미끌거리는, 땀으로 가득 찬 얼굴들이 역겨워 보였지만 그 속에 용철도 함께였다. 용철은 갑자기 자신이 돌아올 수 없는 강을 건넜다는 생각이 들었다.

요정 앞 골목에 늘어선 콜택시에 만취한 기자들이 여인네들의 부축을 받으며 하나둘 올라탔다. 기자들을 태운 콜택시가 모두 떠나자 국회의원들의 차량이 뒤를 이었다.

"자식뻘 되는 놈들 비위 맞추기 쉽지 않구만."
운전기사가 뒷좌석 의원님을 살짝 돌아보면서 한마디 거들었다.
"자식뻘은 아니구요 조카뻘쯤 될 겁니다."
"이 사람아 그게 그거지."
의원님은 이내 잠들었다.

디지털

용철이에게 전화가 왔다. 일간신문 기자였다.

"저는 대한신문의 엄기백 기자입니다. 김용철 보좌관님이세요?"

"네."

"새로 오셨다고 들었습니다. 인사 좀 드리려고요."

"편하신 시간에 오세요."

"그러지 마시고 저녁식사 한번 하시죠."

"네."

"혹시 내일 저녁 선약 없으시면 뵐 수 있을까요?"

"그러시죠."

"제가 내일 오전 중으로 시간하고 장소를 알려드릴게요."

용철이는 태어나서 처음으로 기자와 단둘이 저녁식사를 하게 됐다.

'의원님도 기자라면 절절매시는데. 왜 저녁을 먹자고 하지? 비싼 것을 먹자고 하면 어떡하지?'

이런 저런 생각에 은근히 걱정이 됐다.

욕심 많은 기자가 무엇을 요구할지 어떻게 알겠는가? 용철이는 정치판에 들어온 후 색안경을 끼고 사람을 대하게 된 자신을 새삼스럽게 발견했다.

다음 날 아침에 엄 기자로부터 문자메시지가 왔다. 저녁식사 장소는 국회 건너편에 있는 식당이었다.

허름한 삼겹살집이었다. 용철이는 안도의 한숨이 나왔다. 밥값에 대한 걱정은 덜었다. 식당 문을 열었다. 창가 쪽 테이블에 앉아 있던 사내가 일어서더니 용철이에게로 다가왔다. 그리고 예의바르게 물었다.

"혹시, 보좌관님이신가요?"

"네. 기자님이신가요?"

"네. 반갑습니다. 시간 내어 주셔서 정말 감사합니다."

기자를 향한 용철이의 선입견과 공포심이 사라지고 있었다.

'어찌 이리도 예의가 바른가. 이 사람 기자 맞나?'

삼겹살과 소주를 벗 삼아 엄 기자와 세상 돌아가는 이야기를 했다. 용철이와 기자는 화장실을 번갈아 들락거리며 서로의 이야기를 경청해 주었다.

"보좌관님. 나이도 비슷한 것 같은데, 친구처럼 편하게 지내요."

"좋습니다."

용철이가 화장실을 가는 척하면서 계산대로 갔다. 이미 결제가 되어 있었다.

"같이 오신 분이 이미 계산하셨어요. 손님 화장실 가셨을 때요."

엄 기자는 디지털 기자였다. 난생 처음으로 이리도 예의바른 기자를 만나게 되자 용철이는 '그래도 세상이 아직은 살 만하구나' 하는 생각을 멈출 수가 없었다. 쓸쓸한 웃음이 비어져 나왔다. 엄 기자를 앞에 두고 보니 자기가 마치 때에 탄 기분이었다. 살짝 자조감이 들었다. 못된 짓을 저질러 놓고 숨어서 안도하는 어린아이가 된 것 같았다.

3장

추악하게
아름답게

여자친구

그녀를 다시 만난 것은 의원님의 업무를 처리하고자 들른 동네의 커피집에서였다.

대충 베이글과 커피로 배를 채우고 서류를 검토하고 있을 때 딸랑 소리가 나며 누군가 문으로 들어섰다.

별 생각 없이 그쪽을 보았는데 대학 시절 오며가며 보았던 여자 후배였다. 그녀도 용철이를 알아본 듯했다.

싱긋 웃으며 다가와 인사를 건네는 그녀가 참 예뻐 보였다. 지친 심신에 청량한 바람이 불어오는 듯했다.

"용철 선배님, 안녕하세요."

그녀는 용철이 맞냐고 묻지 않았다.

자연스럽게 다가오는 모습에 마치 자신과 약속을 잡아 둔 것 같았다.

용철은 그녀의 이름이 기억나지 않아 잠시 뜸을 들였다.

"저 기억나세요? 소유잖아요. 한소유."

그제서야 그녀의 이름이 떠올랐다. 용철은 짐짓 알고 있었다는 태도로 가볍게 인사를 받았다. 하지만 가슴은 벌써 두근두근 뛰고 있었다.

"오랜만이네. 어떻게 지냈어? 여긴 무슨 일이고?"
"전 이제 대학원생이에요. 교수님 리서치 돕느라고 나와 있어요. 선배는요?"
"나도 일 하려고 겸사겸사 나와 있어."

용철은 일부러 두루뭉술하게 말했다. 별로 그녀에게 자신의 일을 얘기하고 싶지 않았다.
소유와 그는 한동안 잡담을 나누었다. 주로 학창시절 동기들이 지금은 무엇을 하는지에 관한 이야기였다. 소유는 이미 용철의 직업에 대해 어느 정도 주워들은 것이 있어 보였다.

"국회의원 보좌관 일을 하신다고 들었어요."

"…뭐… 그렇지. 사실 오늘도 그 일 때문에 나온 건데…."

"어머, 정말요? 무슨 일인데요?"

"그건 비밀이야."

용철이 농담처럼 웃으며 말했다. 소유는 별것 아닌데도 무척이나 재밌는 말을 들었다는 듯이 깔깔 웃었다. 입을 가리고 웃는 그 모습도 예뻐 보였다.

시간이 흘렀다. 그녀가 먼저 일어섰다. 가봐야 될 데가 있다고 했다. 용철은 주저하다 물었다.

"혹시… 가끔 만나서 밥이나 먹을래? 내가 그래도 후배 밥 사줄 여유는 있거든…."

"그럼요, 가끔 만나서 이야기도 해요. 대학원생은 쉴 날이 없거든요."

그녀는 아무렇지 않게 자신의 전화번호를 냅킨에 적어주었다. 용철은 쑥스럽다는 듯이 웃으며 그것을 받아들었다.

그렇게 그녀와의 인연이 시작되었다.

둘은 일주일에 한 번씩 서로에게 가까운 곳에서 만났다. 이야기를 하면 할수록 소유가 영특하며 재치 있는 여성이라는 것을 알게 되었다. 용철의 마음에 새로운 불꽃이 피어났다. 그동안 일에 미쳐서 알지 못했던 순수하고 파릇파릇한 감정이었다. 용철은 이 감정이 자신을 구제해 줄 수 있을 거라고 믿었다.

만난 지 두 달쯤 되던 날, 용철은 그녀에게 고백했고 둘은 사귀게 되었다.

명자

　의원님은 사람들을 요정이나 호텔에서 많이 만났다. 호텔은 멤버십으로 운영하는 곳을 애용했다. 그곳은 전용 엘리베이터가 따로 있었다. 일반인들이 이용하는 엘리베이터는 멤버십 플로어를 그냥 통과해 버렸다. 멤버십을 애용하는 이유는 사람의 눈에 띄지 않기 위해서였다. 사람을 위해 일하는 사람이 사람의 눈을 피해야 하는 이유가 있었다. 비밀이 많아서였다.

　정권의 실세 국회의원들과 고위층 검사들과의 조찬 회동이 일주일에 한 번씩 정동 근처 요정에서 있었다. 정권이 바뀌면 힘이 센 공무원 순서대로 알아서 기었다. 검사들의 주례조찬도 지위 높은 검사들이 정권 핵심의 의중을 주기적으로 확인하는 자리였다. 공무원들에게 있어 영혼이 없는 순서는 힘이 센 순서였다. 고기도 먹어본 놈이 그 맛을 아는 것처럼 권력도 누려 본 사람들이 누구보다 그 생리를 잘 아는 까닭이었다.

권력을 가진 사람들은 때때로 자신들의 안위를 위해 호랑이를 키웠다. 그 호랑이가 자신들을 지켜줄 것이라고 생각했다. 그런데 권력의 시간이 끝나면 그렇게 공들여 키운 그 호랑이에게 오히려 잡혀 먹히는 경우가 많았다.

의원님은 늘 말씀하셨다.
"권력에 취하는 것은 마약에 취하는 것과 같네. 그것은 스스로 자신의 무덤을 파고 있는 것과 다름없지. 또 정치판에서는 그야말로 뒤통수 맞는 일이 비일비재하다네. 이런 일에 익숙하지 않으면 암이 걸릴 수도 있으니 참고하게."

검사들과의 조찬 모임이 있던 요정에서 다음 날 또 다른 만찬 모임이 있었다. 용철이는 요정의 툇마루에 걸터앉아 석간신문을 읽고 있었다. 그때 요정에서 일하는 아가씨가 용철이가 앉아 있는 툇마루를 지나 주방 쪽으로 걸어가다가 용철이와 눈이 마주쳤다. 순간 용철이와 아가씨 둘 다 소스라치게 놀랐다. 그녀는 다름 아닌 용철이가 사귀고 있는 소유의 친구였다.

서울의 어느 미술대학에 다니고 있던 그녀를 하필이면 요정에서 만난 것이었다. 그녀는 주방으로 줄행랑을 쳤다. 용철이 또한 매우 당황했지만 그 자리에서 보던 신문을 그대로 들고 있었다. 활자가 눈에 들어올 리가 없었다. 주방에서는 그녀의 목소리가 들렸다.

"나 어떡해. 내 친구 남자 친구를 만났어. 나 어떡해."
"이년아 네가 죄졌냐? 괜찮아 괜찮아."
함께 일하는 언니로 보이는 여성이 괜찮다며 다독였다.
"괜찮긴 뭐가 괜찮아! 나 어떡해!"

용철이는 툇마루에서 일어나 수행비서들의 식사가 준비된 방으로 들어갔다. 용철이와 같이 국회의원을 모시고 온 가방모찌들이 옹기종기 모여 밥을 먹고 있었다.

며칠 후 높은 검사들과의 주례조찬이 그 요정에서 또 있었다. 이른 아침시간이라 밥을 하는 주방 직원 몇 명만 출근한 것 같았다. 용철이는 또다시 툇마루에 걸터앉아 새벽에 배달된 조간신문을 읽고 있었다. 요정을 드나들며 안면을 익힌 여인이 용철이에게 다가왔다. 그리고 살포시 옆에 앉았다.

"용철 씨. 안녕하세요?"
"제 이름을 어떻게 아세요?"
"식사는 했어요?"

묻는 말에는 답을 하지 않고 밥을 먹었냐고 물었다.

"네, 먹었어요."

"여기 식구들이 지난 여름휴가 때 유럽에 가서 찍은 사진이에요. 한번 볼래요?"

그녀는 바닷가 휴양지에서 찍은 사진 몇 장을 보여주며 말을 이어갔다.

"어머니와 식구들 모두 다녀왔어요."

"어머니?"

"우리는 사장님을 어머니라고 불러요."

"그렇군요."

"여기에서 일하는 사람들은 서로 가족처럼 지내요. 그래서 우리는 사장님을 어머니라고 부르지요."

용철이는 사진 속에 혹시 소유의 친구가 있는지 살폈다. 여인들이 어머니라고 부른다는 사장 할머니를 비롯해 열 명 가까운 사진 속 인물들의 얼굴을 알아보기 어려웠다. 더욱이 모두가 선글라스를 쓰고 있어 용철이는 사진 속에서 소유의 친구를 찾을 수 없었다.

"이게 저예요."

"아, 네."

"그리고, 얘가 초희예요. 초희 아시죠?"

용철이는 그저 듣기만 했다.

"초희가 용철 씨 얘기 하던데요. 여기서 만나게 될 줄은 꿈에도 생각 못 했다면서."

용철이는 계속 듣기만 했다.

"여자 친구에게 얘기했어요? 안 했으면 앞으로도 초희 얘기는 안 했으면 좋겠어요."

"네."

그런데 그녀의 이름은 초희가 아니라 최명자였다.

명자의 이야기를 듣는다고 해서 소유 성격에 거리낄 것 같지는 않았다. 하지만 남의 프라이버시는 지켜줘야겠다는 생각에 용철은 아무 말도 하지 않기로 했다.

지갑

    의원님은 양복 안주머니에 늘 두 개의 장지갑을 가지고 다녔다. 오른쪽 주머니와 왼쪽 주머니에 각각 하나씩. 오른쪽 안주머니 지갑은 만 원짜리로 늘 가득 차 있었다. 그리고 왼쪽 안주머니에는 빈 지갑이었다. 의원님은 사람을 만나기 전에 오른쪽 지갑에서 만 원짜리 열 장을 꺼내서 왼쪽 빈 지갑에 채워 넣었다. 그리고 사람과 헤어질 때면 이렇게 말했다.

    "동생. 용돈 해."
    조금 전 만 원짜리 열 장을 채워 넣은 왼쪽 안주머니의 지갑을 꺼내어 일부러 상대방이 보게끔 쫙 벌리고는 안에 들어있는 만 원짜리 열 장을 모조리 꺼냈다.
    "이거 다 가지고 가."
    "가지고 계신 돈을 다 주시면 어떻게 해요."

"다 가져가게."

"아이고 감사합니다."

헤어지고 나면 의원님은 다시 오른쪽 안주머니 지갑에서 만 원 짜리 열 장을 꺼내어 왼쪽 안주머니에 있는 빈 지갑에 채워 넣었다.

의원님에게 노골적으로 도움을 요청하는 사람도 있었다.

"큰아이가 이번에 대학 가는데…."

이런 경우는 화장실에 가서 조금 더 넣었다.

의원님이 차에 올라 다시 오른쪽 지갑에서 만 원짜리 열 장을 왼쪽 빈 지갑으로 채워 넣으려다 한 장이 더 들어간 것 같아서 다 시 세어 보았다. 열 장이 맞았다.

"의원님, 이런 방법은 어디서 배우셨습니까?"

용철이 짐짓 쾌활하게 물어보면 의원님은 싱긋 웃으며 대답했다.

"경험이 쌓이면 다 알게 된다네. 항상 역지사지를 고려해서 상 대방 입장에서 생각해야 하지. 아낌없이 주는 사람을 누가 싫어 할까?"

용철은 고개를 끄덕였다. 탁월한 마케팅 기법이었다. 이런 꼼수 정도는 정치를 하는 사람이면 한두 개씩은 다 가지고 있어야 할 것 같았다. 나름 잔머리를 굴려야 하는 처세술이었다. 자신은 무 슨 처세술을 익혀야 하나 고민이 되었다.

야동

의원님이 집권여당의 정책위원회 의장이 되었다. 나라의 정책을 놓고 집권여당과 정부의 입장을 최종 조율하는 자리로 사람들은 당의 3역 가운데 하나라며 축하했다.

용철이가 중앙당사 내에 있는 정책위원회에 가는 일이 부쩍 잦아졌다. 의원님의 핸드폰은 용철이 몫이었다. 의원님을 찾는 사람들은 용철이를 통해야만 통화 연결이 가능했다. 이런 이유로 정책위원회에서 일하는 사람들은 용철이와 친하게 지내보려고 노력했다.

덕분에 용철이에게 짭짤한 부수입이 생기기도 했다. 고급 일식당에서 접대를 받는 건 일도 아니었다. 슬그머니 내미는 흰 봉투 속에 얼마가 들어 있을지 대충 알아볼 수 있을 정도의 경지에 올랐다. 봉투두께에 따라 이 사람을 언제쯤 의원님과 만나게 해주면 될지 머릿속으로 계산하는 자신을 발견한 용철은 스스로 살짝 부끄러워졌다. 하지만 뻔뻔해지기로 했다. 이것은 거래였다. 그리고 자본주의 사회에서 거래는 너무나 당연한 것이었다. 거래 없이는 아무것도 굴러가지 않는다. 경제도, 정치도. 굳이 자신만 깨끗한 척해야 할 필요가 있을까? 아니, 자신은 '더럽지' 않다. 그저 좀 더 노련해진 것뿐이다. 의원님처럼….

집권여당 정책위원회에는 수석전문위원이라는 자리가 있었다. 중앙행정부처 국장급 공무원이 정부에 사표를 내고 여당의 수석전문위원으로 왔다. 집권여당과 중앙행정부처 간의 가교 역할을 하는 중요한 자리였다. 수석전문위원의 임기를 마치면 다시 중앙행정부처로 돌아가는 경우가 많았다. 대부분 한 계급씩 승진을 하면서 금의환향(錦衣還鄕)했다. 그래서 공무원들 사이에서 집권여당의 수석전문위원으로 나가는 것이 행정고시에 합격하는 것보다 더 어렵다는 말이 돌았다. 하지만 중앙부처 국장 자리에는 독방도 있고 비서도 있었지만 집권여당 정책위원회 사무실에는 수석전문위원을 위한 독방이 없었다. 물론 비서도 따로 없었다.

집권여당과 중앙행정부처 사이에 정책현안을 논의하기 위한 회의가 집권여당 중앙당사에서 자주 열렸다. 사람들은 이것을 당정회의라고 불렀다. 당정회의가 있는 날이면 집권여당의 중앙당사를 방문한 공무원들은 자신들이 얼마 전까지만 해도 모시고 있던 상사에게 인사를 하러 정책위원회 사무실을 들르곤 했다. 더욱이 언젠가는 금의환향할 것으로 기대되는 수석전문위원에게 잘 보이는 것이 자신들에게도 유리했다. 이날도 당정회의를 끝낸 공무원들이 과거 국장님께 인사를 드리기 위해 사무실을 찾았다.

"국장님, 안녕하세요."
"아. 오늘 당정회의가 있었나?"
그들의 모습이 용철이 눈에는 마치 이산가족이 상봉하는 것처럼 보였다.
"김 과장, 박 사무관, 오 사무관 어서 와. 이리 와서 차 한잔하지."
그리고 수석전문위원은 정책위원회에서 함께 근무하는 여직원을 불렀다.
"어이, 미스 최, 여기 차 좀 주세요."
차를 기다리면서 옛 동료들은 이야기꽃을 피웠다.

최 아무개는 수석전문위원이 자신을 미스 최라고 부르는 것을 매우 못마땅해했다. 십여 분이 지나도 최 아무개에게 주문한 차는 오지 않았다. 수석전문위원은 최 아무개에게 아까보다 힘을 주어 말했다.
"미스 최, 차 어떻게 됐어요?"
무뚝뚝한 보이스로 최 아무개가 대답했다.

"직접 타서 드세요."

순간 화기애애했던 분위기는 온데간데 사라지고 무거운 침묵의 시간만이 흘렀다. 수석전문위원의 얼굴이 홍당무가 됐다. 옛 부하였던 김 과장이 자리에서 일어났다.

"국장님, 제가 타올게요."

"아니야 김 과장 내가 타 올게. 자네들은 손님들인데. 가만히 앉아 있게."

급기야 수석전문위원과 옛 부하들 모두가 일어나 자신이 마실 차는 직접 타서 들고 왔다.

그들은 어색한 분위기를 애써 외면하면서 대화를 이어갔다.

"국장님과 같이 일했던 때가 좋았습니다."

"나도 그때가 좋았어. 바쁠 텐데 이제 그만 가 봐."

옛 부하들은 과거 상사에게 깍듯하게 인사를 하고 사무실을 떠났다.

이 모든 장면을 지켜보고 있던 전문위원이 수석전문위원에게 다가와 조용하게 말했다.

"수석님, 앞으로는 여직원에게 차심부름 시키지 마세요. 정당 판은 줄 없는 사람이 없습니다. 최 아무개는 사무총장님 계보입니다. 로마에 가면 로마법을 따라야 합니다. 오신 지 얼마 안 되어 조금 불편하시겠지만 사람은 다 적응하게 되어 있으니 조금만 참으세요."

당에서 잔뼈가 굵은 전문위원이었다. 그의 조언을 듣고 수석전문위원은 손을 턱에 괸 채 한참 동안 미동도 하지 않았다.

소유에게 그 이야기를 하자 소유는 깔깔 웃으며 말했다.

"당연히, 그 정도 자리에 있는 사람이면 여자라도 한가닥 하겠지. 그걸 몰랐어? 남자들은 하여간 선민의식이 있다니까. 지금이 쌍팔년도도 아니고."
"그래도 거기서 그렇게 대꾸할 필요가 있었을까? 분위기 싸해지게. 이기적인 것 아냐?"
"그게 이기적이라구? 자긴, 이기적이라는 말의 기준이 뭔데? 거기서 굳이 그 여자에게 일을 시킨 것은 이기적인 게 아니야?"

용철은 할 말이 없어서 입을 다물었다. 확실히 그 자리의 남자들이 무신경했던 건 맞는 것 같았다.

다음 날 용철이는 평소 가깝게 지내는 전문위원과 미리 약속을 한 것은 아니지만 자리에 있으면 점심밥이나 함께할 생각으로 그가 있는 사무실로 향했다. 당의 정책을 만드는 곳이어서 정숙한 분위기였기에 용철이는 구두소리가 나지 않게끔 까치발로 전문위원 자리로 갔는데 그가 자리에 없었다. 높은 파티션으로 자리를 구분해 놓아 직접 확인해 보지 않으면 누가 자리에 있는지 없는지 알 수가 없었다. 그때 어제 최 아무개로부터 봉변을 당한 수석전문위원 자리에서 인기척이 있었다. 점심시간까지 업무를 봐야 할 만큼 일이 많은 모양이라는 생각에 방해하지 않기 위해 다시 까치발로 조심조심 다가갔다.

"수석님, 바쁘세요?"
"으악!"
수석전문위원의 얼굴이 어제는 홍당무였다면 지금은 다크 그레이가 됐다. 그는 보고 있던 동영상을 끄려고 마우스를 이리 저리 움직였다. 하지만 당황한 나머지 마우스 조준이 생각처럼 되지 않았다. 야한 소리가 울려 퍼졌다. 빈 사무실에서 야동(야한 동영상)을 보다가 용철이에게 걸렸다.

그는 역시 독방 체질이었다.

특활비

중앙당의 법률지원을 책임지고 있는 국회의원이 보궐선거 지원을 나가는 용철이에게 따뜻한 술을 한 잔 따라주었다.

"용철 군, 잔을 받게. 그 옛날에는 장수가 전쟁터에 나갈 때 임금님께서 장수에게 따뜻한 술을 한 잔 따라주었다고 하더군. 내가 임금은 아니지만 임금의 마음으로 한 잔 따를 테니 자네도 장수의 마음으로 잔을 받으시게."

얼마 후 그는 국가정보국장이 되었다.

용철이와 법률지원 업무를 함께 했던 형으로부터 전화가 왔다.

"국장님께서 너하고 나 포함해 다섯 명을 초대하셨다. 다음 주 수요일 저녁에 밥 같이 먹자고 하신다. 해풍빌딩 앞으로 차를 보내 주신다니 그리로 와라."

수요일 저녁 용철이는 십 분 먼저 약속장소에 도착해서 형과 일행을 기다렸다. 말로만 듣던 안가(안전가옥)에서 저녁식사를 한다는 기대감에 일행의 마음이 풍선처럼 부풀었다. 다섯 시 정각에 창문까지 까만 검정색 미니버스가 도착했다. 출발한 지 삼십 분쯤 지나자 검정색 양복을 말끔하게 차려입고 무전기를 들고 있는 건장한 남성이 일행이 곧 목적지에 도착한다고 어딘가에 무전으로 알렸다. 미니버스는 국가정보국 정문을 지나 내부로 들어갔다. 말로만 듣던 안가에 도착했다. 차에서 내리자 또 다른 사내들이 일행을 안가 내부로 안내했다.

안가의 바닥은 대리석으로 깔려 있었다. 여느 5성급 호텔보다도 고급스러운 분위기였다. 일행은 널따란 방으로 안내되었고 커다란 원탁 테이블이 중앙에 놓여 있었다. 일행은 미리 정해져 있는 자리에 빙 둘러 앉았다. 잠시 후 환하게 웃음 띤 국장이 수행원들을 대동하고 나타났다.

"웰컴 투 국가정보국. 모두들 잘 지냈는가?"

일행은 일제히 자리에서 일어나 허리를 굽혀 폴더인사를 했다. 용철이는 자신의 앞으로 바짝 다가와 악수를 청하는 국장에게 아까보다 허리를 더 구부려 형님인사를 했다.

"귀한 자리 불러 주셔서 감사합니다."

원탁테이블이라 상석은 따로 없었지만 국장이 앉은 자리가 상석이 되었다.

국장은 무슨 즐거운 일이 그리도 많은지 계속 싱글벙글했다. 국
장이 말했다.

"제군들. 음식은 미리 준비해야 하기 때문에 중식으로 했지만,
술은 위스키, 꼬냑, 맥주, 소주, 보드카, 막걸리 등 종류별로 없는
것 빼고는 다 있으니 원하는 것으로 하시게! 하하하."

"국장님께서 추천해 주시는 것으로 하겠습니다."

일행 중 나이가 가장 많은 형이 역시 센스 있게 답했다.

"꼬냑은 어떤가?"

이날의 만찬은 중식 코스요리에 프랑스산 꼬냑으로 결정됐다.
말끔한 정장에 나비넥타이를 맨 사내가 수레에 음식을 싣고 다니
며 서빙을 했다. 용철이는 궁금했다.

"국장님. 서빙하는 사람도 요원인가요?"

"여기 있는 사람들은 모두 요원이야 하하하."

꼬냑이 몇 잔 돌자 국장이 의미심장한 표정을 지으며 말했다.

"VIP께서 언젠가 한 번은 써 주시리라 기대하고 있었지. 결국
이리로 보내주셨어 하하하."

싱거웠다.

두세 시간 흘렀다. 모두 얼큰하게 취했다.

"내 집에 오신 손님을 빈손으로 보낼 수야 없지. 선물을 준비했네. 약소하지만 받아들 주시게."

이번에도 나비넥타이를 맨 요원들이 일행에게 자그마한 쇼핑백을 하나씩 전달했다. 현관 앞마당에는 일행이 타고 왔던 미니버스가 대기하고 있었다. 용철이는 버스 안에서 선물로 받은 쇼핑백을 들여다보았다. 중앙은행의 십자띠지가 둘러싸인 돈다발이 있었다. 다른 사람들도 몰래 선물 꾸러미를 뜯어 본 모양이었다. 모두의 표정들이 밝았다. 용철이는 뒷좌석 형에게 자그마한 소리로 물었다.

"이게 특활비?"

"그런 것 같은데."

여의도에 도착한 미니버스는 태웠던 곳에 그대로 내려주었다. 거기서 모두가 헤어졌다.

"굿나잇!"

집에 도착해 현관문의 번호키를 누르는데 용철이의 전화벨이 울렸다. 이날 모임을 주선한 형이었다.

"용철아, 큰일났다."

"왜?"

"나 음주단속 걸렸다."

"특활비 받았잖아."

"끊어 새꺄."

그는 특활비로 벌금을 내게 생겼다.

용철은 집에 돌아와 조심스레 쇼핑백에서 특활비를 꺼냈다. 군침이 꿀꺽 넘어갔다. 두 손으로 묵직한 화폐를 드는 기분은 꽤나 신선했다. 한편으로 '이 무게가 내 양심의 무게다'라는 생각에 한없이 떨리기도 했다. 금액을 세어 본 후 장롱을 열고 깊숙한 곳에 집어넣었다. 왠지 은행에 들고 가면 안 될 것 같은 생각은 또 무슨 이유일까. 놀부의 창고마냥 현금을 숨겨두고 장롱 문을 잘 닫은 뒤에야 안도의 한숨을 내쉴 수 있었다. 이런 식으로 굴비 엮듯이 줄줄이 엮어지는 것이구나. 오늘 특활비를 받은 이들은 암묵적으로 이 굴비 모임에 가담한 것이다. '들키면 어떡하지?' 그런 생각이 무섭게 불쑥 솟아올랐다. 그렇다고 그 자리에서 자기만 안 받을 수 있나. 이건 어쩔 수 없는 동맹이다. 용철은 그렇게 생각하며 착잡한 마음을 달랬다. 장롱 안에 숨겨진 돈을 생각하니 짜릿했지만 한편으론 거대한 돌덩이가 들어선 것 같았다.

배

평소 알고 지내는 지방신문 기자가 용철이를 찾아왔다.

"부탁이 있어서 왔어. 시골에서 농사짓는 내 고향친구의 아내가 뇌종양으로 수술을 받고 병원에 누워 있어. 그런데 보험회사에서 보험금을 못 주겠다고 한대. 너무 딱해서 도움을 청하려고. 그 친구 늦장가가서 애도 어려."

용철이는 바로 보험회사에 전화를 걸었다.

"보험금 지급을 못 하겠다고 하는 이유가 뭐지요?"

"환자가 보험을 들 당시에 지금의 병명과 유사한 증상이 있었는데 이를 숨기고 보험을 들었기 때문에 보험금을 지급할 수 없다는 것이 회사 입장입니다."

"그러면 애시당초 보험을 들지 못하게 했어야지요. 보험을 가입할 당시에는 아무 말 안 하다가 지급해야 할 때가 되니 못 주겠다고 하는 것이 말이 됩니까?"

"보험 모집하는 직원이 성과에 급급하다가 실수를 한 것 같습니다."

"그 사람도 그 회사직원 아닙니까? 그러면 귀책사유도 보험 회사 측에 있는 것 아닙니까?"

용철이는 좀 더 자세한 내용을 확인하기 위해 기자의 고향친구와 통화를 했다.

"친구분 얘기 듣고 전화 드렸습니다."

"귀찮게 해드려 죄송합니다."

대낮임에도 잔뜩 취한 목소리였다.

"부인께서 많이 편찮으시다고 들었습니다."

"제가 아주 죽지 못해 삽니다. 아이는 어리고요. 배 농사를 지어 먹고 사는데 올해는 농사도 망쳤어요. 아내가 수술을 세 번이나 했는데 결과가 좋지 않아서 죽게 생겼습니다. 병원비도 어마어마하게 나와서 이래저래 죽을 지경입니다."

일주일이 지나도 보험회사에서는 아무런 연락이 없었다. 용철이는 보험회사에 다시 전화를 걸었다. 지난번 통화했던 직원에게 진행 상황을 물어보았지만 돌아오는 대답은 검토 중이라는 원론적인 말뿐이었다. 보험회사만 쳐다보고 있자니 해답이 나올 것 같지 않았다. 용철이는 보험감독원 직원을 만났다. 전후 사정을 이야기하고 보험회사 직원과 함께 삼자대면을 하는 것이 좋겠다고 말했다. 몇 시간 후 보험회사 직원으로부터 연락이 왔다.

"보좌관님. 내일 저희 회사 보험금지급 관련 책임자와 함께 의원회관으로 찾아뵙겠습니다."

다음 날 찾아 온 책임자는 용철이에게 사과부터 했다.

"그동안 심려를 끼쳐 죄송합니다."

"제게 죄송할 것은 없습니다. 단지 민원인의 사정이 딱해 도와드리고 싶을 뿐입니다."

"그래서 제가 국회에 오기 전에 담당직원에게 전반적인 보고를 받고 해결책을 찾았습니다. 보험 가입 당시 고객의 사정을 제대로 확인하지 못한 책임이 있는 만큼 회사에서 애시당초 약속한 보험금을 지급하는 것으로 결정했습니다."

용철이는 해결이 되었다니 기쁘기도 하고 한편으로는 화도 났다. 이렇게 쉽게 해결될 거였으면 그동안 뭣 때문에 그리 고집을 부렸단 말인가. 새삼스레 권력이 가진 힘과 영향력이 느껴졌다. '이 맛에 정치하나?' 자기가 정치하는 것도 아니면서 그런 생각이 들었다.

며칠 후 용철이는 기자의 친구로부터 전화를 받았다.

"은혜 잊지 않겠습니다."

"당연히 받으실 보험금을 어렵게 받으신 것뿐입니다. 사모님도 하루 빨리 완쾌되기를 바랍니다."

얼마 후 용철은 기자로부터 친구 부인이 돌아가셨다는 소식을
전해 들었다.

　그해가 지나고 가을이 왔다. 손 편지와 함께 의원회관으로 배
한 상자가 배달되었다.
　'제 아내는 떠났지만 어린 아들을 잘 키우기 위해 술도 끊었습
니다. 수확한 배를 보내 드립니다. 은혜는 평생 잊지 않겠습니다.'

협박

어느 날 노부부가 의원실을 찾아왔다. 할아버지는 용철이를 보자 화가 잔뜩 난 목소리로 말했다.

"정신질환을 앓고 있는 장성한 외아들이 있어요. 며칠째 하혈을 하고 있어서 집 근처 병원 여러 곳을 찾았는데 모두 대학병원으로 가라고만 하면서 제대로 된 치료를 해 주지 않아요."

노부부는 치료해 주지 않는 이유를 자신들이 기초생활보호대상자이기 때문에 병원 입장에서 돈이 되지 않아 그랬을 것이라고 주장했다.

"병원들의 처사에 부아가 치밀어 일단 아들을 집에 데려다 놓고 국회의원님에게 하소연하러 왔습니다."

흥분한 노부부를 달래면서 용철이가 말했다.

"지금까지 거쳐 오신 병원들을 모두 얘기해 주세요."

노부부가 불러주는 병원 이름을 용철은 하나하나 받아 적었다. 그리고 병원들의 전화번호를 114를 통해 일일이 확인했다.

"민원문제로 병원장님과 통화를 원합니다."

"실례지만 어떤 민원일로 원장님을 찾으시죠?"

"설명 드리자면 좀 길어요. 원장님께 직접 말씀드리고 싶습니다."

"그러면 우선 원무과장님과 통화하세요."

용철이는 원무과장에게 노부부가 병원으로부터 당한 내용을 얘기하고 국회의원실에 이러한 민원이 접수되어 확인 중이라고 말했다. 그리고 한마디 덧붙였다.

"응급환자를 거부했으니 의료법 위반혐의로 당국에 고발조치 하겠습니다."

화들짝 놀란 원무과장은 확인하고 바로 연락을 주겠다고 답했다. 용철은 똑같은 방법으로 노부부가 거쳐 온 나머지 네 곳의 병원에 일일이 전화를 걸었다. 병원 측은 일제히 약속이라도 한 듯 확인하고 전화를 주겠다는 말을 했다. 30분도 채 지나지 않아 노부부가 다녀온 모든 병원으로부터 연락이 왔다. 통화했던 원무과장에 서부터 어디서는 병원장이 직접 전화를 걸어오기도 했다. 그들은 모두 앰뷸런스를 보내줄 터이니 자기네 병원으로 오라고 했다.

"할아버지, 가시고 싶은 병원으로 가세요. 치료 잘 해 준답니다."

뿌듯함을 느끼며 용철이 말했다. 할아버지는 거듭 고맙다는 인사를 하였다. 권력이라는 것은 좋은 데 쓰이면 이렇게 한없이 좋은 것이다. 명 판결을 내린 사또가 된 듯한 기분을 느꼈다.

모내기

국회의원들이 관광버스를 타고 모내기를 하러 김포평야로 출발했다. 이들의 모내기 행사를 보도할 기자들도 별도의 버스로 함께 출발했다. 국회의원들의 바쁜 일정을 감안해 국회에서 멀지 않은 김포로 정했다. 장소를 섭외한 사람이 용철에게 말했다.

"모내기 장소 잡는 것도 신경 쓰여. 남쪽으로는 안성 정도. 동쪽으로는 가평 정도. 서쪽으로는 김포까지가 적당해. 북쪽으로는 파주 정도까지고. 다들 여의도에서 가까운 곳으로 가야 좋아하더라고."

국회의원들이 버스에서 내리자 당원들과 경찰서장, 군수, 소방서장 등 지역의 기관장들이 총 출동하여 도열해 국회의원들을 맞았다. 지구당에서는 '농민과 우리는 하나'라는 현수막도 신작로 버드나무 사이에 게시했다. 농민들은 국회의원들이 사타구니까지 올라오는 긴 장화를 신는 것을 도와주었다. 목장갑을 낀 국회의원들이 논으로 들어갔다. 이내 카메라의 플래시가 터졌다.

"의원님 환하게 웃으세요. 얼굴에 진흙 좀 묻히시고. 이마에 진흙 조금만 더. 엑설런트. 아주 좋아요."
"박 기자, 진흙 좀 더 묻힐까?"
"아니요. 더 묻히면 연출한 것 같아요. 지금이 딱 좋아요."

모내기를 시작한 지 이십 분가량 지났다. 김포지역 지구당 위원장이 국회의원들에게 논에서 빨리 나오라고 성화다. 국회의원들은 신고 있던 장화와 장갑을 벗어 논두렁에 아무렇게나 던져 놓고 논가에 쳐 놓은 커다란 천막 안으로 들어갔다. 국회의원들이 기자들을 불렀다. 기자들도 우르르 천막으로 몰려갔다.

지구당 위원장은 막걸리를 곁들인 새참을 준비했다고 말했다. 함께 있던 기자가 소리쳤다.
"이건 새참이 아니라 진수성찬인데."
국회의원이 그 기자에게 한 마디 했다.
"내가 차린 것은 아니지만 많이 먹어" 그리고 막걸리를 들이키며 "막걸리 참 오랜만에 먹어 보네."

국회의원들이 하나둘 자리에서 일어나더니 돌아갈 때는 자신들의 차량을 이용했다.

　국회의원들이 자리를 뜨니 기자들도 떴다. 기관장들도 떴고 농민들만 남겨 두고 모두 떴다. 농민들은 그들이 어지르고 떠난 자리를 정리했다. 그리고 모내기를 다시 시작했다. 이십 분 모 심고 삼십 분 밥 먹고 국회의원들의 모내기 행사는 모두 끝이 났다.

　이렇듯 보여주기 식 행사는 비일비재했다. 용철은 속으로만 혀를 찼다. 결국 한통속인 것은 자신도 마찬가지였다. 뉴스로 올라와도 국민들로부터 별 관심을 끌지 못할 행사다. 그저 소풍 온 기분으로 막걸리 한 잔 걸치니 내심 남아있던 죄책감도 사라져 버렸다. 용철은 다른 감정들도 함께 삼키기 위해 연거푸 잔을 들었다. 그리고 올 때 타고 왔던, 지금은 텅텅 빈 버스에 올라 취기를 이기지 못하고 잠이 들었다.

검사주도(檢事酒道)

정부기관들의 입법로비는 대단했다. 기관에서는 국회를 담당하는 직원들을 별도로 두고 있었다. 검찰에서도 국회로 출근하는 검사가 있었다.

어느 날 용철은 국회를 담당하고 있는 검사로부터 한 통의 전화를 받았다. 그때는 검찰과 관련한 민감한 법의 개정이 정치권에서 논의되던 시기였다.

"안녕하세요. 저는 최 로비 검사라고 합니다. 보좌관님과 저녁한 끼 먹고 싶어서 전화 드렸습니다."

"검사님께서 무슨 일로 저를 만나자고 하시는지요?"

"집권 여당 중진 의원님의 최측근이신 보좌관님을 모르고 지내면 제가 출세하기 어려울 것 같아서요. 여의도에서의 불금 어떠세요?"

불금이라는 표현을 쓰는 것으로 보아하니 나이는 그리 많지 않은 것 같았다.

금요일 퇴근 후 검사가 알려준 장소로 갔다. 국회 근처에 자리한 퓨전식당이었다. 대나무 발이 드리워져 있는 테이블에 검사가 미리 와서 기다리고 있었다. 그런데 검사 옆자리에 젊은 여성이 앉아있었다.

"보좌관님. 우리 검찰청 최고의 에이스 검사하고 같이 왔습니다."
그리고 한마디 덧붙였다.
"이 친구가 우리 검찰청에서 가장 미인입니다."
미인 맞았다. 이런 데서 미인계를 쓸 일이 뭐가 있겠냐는 생각이 들면서도 눈길이 가는 것은 어쩔 수 없었다. 소유와는 다른 스타일의 미인이었다. 소유가 하얗고 청초한 백합을 연상시킨다면, 이 여인은 어딘가 모르게 흑장미 같은 인상을 풍겼다. 좀 더 색이 짙고, 야한 느낌도 없지 않아 있었다. 그런데 검사라니. 그 이질적인 이미지에 용철은 자신도 모르게 살짝 흥분이 되었다.

"보좌관님. 홍어삼합에 막걸리 어때요?"
"좋지요."
막걸리와 홍어삼합이 나오자 검사가 제의를 했다.
"막걸리만 마시면 재미없으니 어느 대통령께서 즐겨 드셨다는 맥사 어떠세요?"

"맥주에 사이다를 섞는 건가요?"

"그렇지요."

맥사가 몇 순배 돌았다. 검사는 또 다른 제안을 했다.

"좀 싱거운 것 같으니 맥막은 어떠세요?"

"맥주와 막걸리?"

맥막이 몇 순배 돌았다.

"이번에는 소맥 어떠세요?"

"소주와 맥주?"

검사의 술 섞는 재주가 예사롭지 않았다. 사람을 많이 보내 본 솜씨였다. 그는 갈수록 알코올의 도수를 올렸다. 용철이는 자신을 먼저 보내기 위한 검사의 술수일 것이라고 생각해 정신 줄을 놓지 않기 위해 노력했다. 그러나 술에는 장사가 없다고 모두의 얼굴이 시뻘개졌다.

"보좌관님, 차수를 바꿀까요?"

검사는 자리를 옮겨 한잔 더 하자고 제안했다. 용철이 또한 불금 술로서는 약간 부족하다 싶었던 차에 잘 됐다고 생각해 바로 응했다.

"2차는 제가 사겠습니다. 길 건너 횟집에서 광어회 한 접시에 소주 어떠세요?"

"배도 부른데 보좌관님의 탁월한 선택입니다."

이어진 자리에서도 소맥이 돌았다. 검사를 술 실력으로 선발하나 싶을 정도로 두 사람 모두 말술이었다. 용철이는 말술 두 사람이 번갈아 따라 주는 잔을 비우려니 버거웠다. 그러나 두 사람에게 술로 지기 싫어서 사실 아까부터 스스로 허벅지를 엄청 세게 꼬집고 있었다. 피가 날 지경이었다.

함께 온 여검사의 주량이 대단했다. 수사실력이 에이스라는 것인지, 술 실력이 에이스라는 것인지 헷갈렸다. 잔을 꺾는 일이 없었다. 일단 부딪치면 비우고 나서 잔을 정수리 위에서 뒤집어 흔들어댔다. 안주에는 손도 대지 않았다. 그녀는 술을 마시면 맹물만 한 모금 마셨다. 다이어트를 하고 있을 수도 있다고 생각했다. 그런데 화장실을 너무 자주 갔다. 자리가 길어질수록 화장실 가는 횟수가 점점 늘었다. 최 로비 검사가 말했다.

"저 친구 화장실을 왜 저렇게 자주 가는지 모르시죠?"
"술을 마셨으니 생리현상을 해결하기 위해 가는 것 아닙니까?"
"틀렸습니다. 계속 마시기 위해 속을 비우러 가는 겁니다."
"오바이트? 헐."
"안주를 먹으면 더 자주 가야 하니 맹물을 안주 삼아 마시는 거겠지요."

용철이는 이날 진정한 주도(酒道)를 보았다.

술자리가 파하고 세 사람은 약간 비틀거리며 식당을 나왔다. 여검사가 전봇대를 짚고 잠시 고개를 숙였다. 토하려나 싶어 보고 있는데 갑자기 고개를 들더니 자신과 눈이 마주쳤다. 달아올라 발그레한 양 볼이 예뻐 보였다. 흐트러진 느낌도 좋았다. 그런데 눈빛이 매서웠다. 살짝 찡그린 채 자신을 바라보고 있었다. 원망이 서려있는 시선이기도 했다. 원망? 자신을 왜? 이런 곳에 끌려나와 얼굴마담이 된 데에 대해서 화라도 난 걸까. 소유가 한 말이 떠올랐다. '그 정도 자리에 있는 사람이면, 여자라도 한가닥 하는 거지, 당연한 거 아냐? 지금이 쌍팔년도도 아니고.'

문득 그날 차 시중을 들기를 요구했던 것과 지금의 상황이 전혀 다르지 않게 느껴졌다. 당혹감에 용철은 그녀의 눈길을 피했다. 여검사는 용철이를 더 이상 바라보지 않고 뒤돌아 사라졌다. 용철은 소유에게 죄책감을 느꼈다.

돈 많은 과부

언젠가부터 용철이를 동생이라 부르며 살갑게 대하는 형님이 생겼다.

"동생. 언제 의원님하고 저녁식사 자리 한번 만들어줘."

지방에서 건설회사를 운영하고 있는 박 사장이었다. 자신은 주로 관급공사만 한다며 늘 자랑했다. 그는 관급공사는 공사대금을 떼일 위험이 없다고 했다.

"형님. 혹시 의원님께 관급공사 부탁하려고 그러세요?"
"내가 그런 일이나 부탁하는 양아치로 보이나?"

다음 날 용철이는 의원님께 박 사장의 부탁을 전했다.
"사업을 하시는 분이 있는데, 의원님을 평소에 존경해 왔다고 합니다. 저녁식사를 모시고 싶다고 합니다."

박 사장이 존경이라는 말까지 하지는 않았지만 의원님과의 식사자리를 성사시키기 위해 용철이는 MSG를 조금 뿌렸다.

"날 잡게."

의원님이 쿨하게 말했다.

박 사장이 예약해 놓은 식당에서 만남이 이루어졌다.

"의원님. 이렇게 귀한 시간 내어 주셔서 감사합니다."

"별 말씀을요. 사업하시느라 바쁘실 텐데 저를 초대해 주셨으니 제가 감사한 거지요."

밥을 먹다 말고 박 사장은 대뜸 의원님의 살아온 삶의 과정이 궁금하다고 했다.

"지금이야 실세 국회의원이시지만 오늘의 자리에 오르시기까지 남들이 모르는 얼마나 많은 고난이 있었겠습니까. 저는 돈 주고도 들을 수 없는 그 얘기를 꼭 듣고 싶습니다."

박 사장의 요청에 의원님이 엷은 미소를 지으며 답했다.

"그리 듣고 싶으시다니 그럼 저의 과거를 잠시 읊어보겠습니다. 제 아내가 보험을 했습니다. 저는 정치한다고 반건달 생활을 했지요. 아내는 아침 일찍 출근하면서 자고 있는 제 머리 맡에 늘 만 원짜리 한 장을 놓고 갔습니다. 당시 저는 보스로 모시고 있던 분 댁으로 아침마다 출근을 했는데, 만 원이면 버스비 하고, 자장면 먹고 그리고 담배 한 갑을 살 수 있었습니다. 짧지 않은 세월을 그렇게 보냈습니다. 지금도 아내에게 늘 미안한 마음뿐입니다."

경청하던 박 사장이 추임새를 넣었다.

"오늘의 의원님께서 계시기까지 사모님의 내조가 참으로 눈물겹습니다. 의원님과 사모님이 존경스러울 뿐입니다."

"제 아내는 요즘도 힘들 때마다 저의 사진을 꺼내 본다고 합니다."

"금슬도 좋으십니다."

"그게 아니구요. 제 사진을 보면서 아내는 혼잣말을 한답니다."

"뭐라구요?"

"내가 이놈하고도 살았는데, 무슨 어려운 일인들 못 참겠느냐~ 하하하~"

"의원님 조크도 잘하십니다 하하하!"

용철이는 두 사람 사이의 오가는 얘기를 그저 듣기만 했다. 그렇게 한 시간쯤 흘렀다.

"사장님 저 먼저 일어나겠습니다. 오늘 즐거웠습니다. 용철 군은 사장님과 조금 더 즐거운 시간 가지시게."

박 사장은 의원님을 엘리베이터 앞까지 배웅했다.

"의원님, 오늘 귀한 말씀 많이 들었습니다. 의원님께 힘이 될 수 있도록 노력하겠습니다."

엘리베이터 문이 완전히 닫힌 후에 용철이와 박 사장은 다시 방으로 돌아왔다. 의원님이 안 계시니 용철이는 술자리가 그렇게 편할 수가 없었다.

"동생, 나하고 둘이서 한잔하세."

용철이는 박 사장이 채워 주는 술잔을 연신 비웠다.

"의원님 만나보시니 어떻습니까?"

"한 번 만나 무슨 일이 되겠는가?"

"네? 무슨 일이라니요?"

"실은 내가 부탁할 일이 하나 있어. 동생도 알다시피 저 강원도 물이 좋잖아. 암반수를 뚫어 생수로 팔면 큰돈을 벌 수가 있어. 문제는 시추허가를 안 내줘. 의원님께서 도와주시면 될 것 같은데. 이 일만 잘되면 내가 동생 평생 먹고살 수 있게 해 줄게."

"지금 세상이 어떤 세상인데 그런 일이 가능하겠습니까? 청탁 그런 것 안 하신다고 해서 제가 자리 만든 것 아닙니까."

"어이 동생 아직 세상을 잘 모르는구면. 힘 있을 때 서로 돕고 사는 거야. 시추권만 딸 수 있게 도와주면 돼."

그날 이후 박 사장의 본격적인 로비가 시작되었다. 그는 의원회관 사무실에서 살다시피 했다. 의원님을 만나면 스스럼없이 인사를 했다.

"용철 군, 저분 박 사장이지? 지난번 만났던. 그런데 왜 매일 사무실에 오시나?"

"지나다가 들렀다고 합니다."

박 사장이 의원회관 사무실로 출근한 지 일주일이 되었다.

"형님, 언제까지 출근하실 겁니까?"

"시추권 받게 해 줄 때까지."

"이러면 제가 난처해집니다. 그리고 의원님께서 형님 매일 오시지 말라고 하시는데요."

박 사장이 자리에서 일어나면서 말했다.

"동생, 시추권 도와줄 때까지 계속 출근할 거야. 다음 주 월요일에 또 올 거야. 주말 잘 보내고."

박 사장은 이렇게 의원회관 사무실을 드나들다가 제풀에 지쳤는지 언젠가부터 보이질 않았다. 용철이는 그런 박 사장이 궁금하기도 하고 한편으로는 안쓰럽기도 했다. 박 사장에게 여러 차례 전화를 걸었지만 수화기 너머로 사용할 수 없는 번호라는 대답만 들렸다.

'벌써 포기했나? 생각보다 빨리 접는군.'

한 달쯤 지났다. 박 사장을 잘 아는 사람으로부터 박 사장 회사가 부도났다는 말을 들었다. 특히 그가 의원회관으로 출근하다시피 했던 그때 자금 문제로 굉장히 어려웠다는 이야기도 했다. 아마도 채권자들을 피해 다니느라 의원회관으로 피신한 것 같다는 얘기도 했다.

매일 보이던 박 사장이 보이질 않자 의원님도 궁금해했다. 용철이로부터 박 사장의 딱한 사정을 전해 듣고 의원님이 한마디 했다.

"사업하는 사람에게는 국회의원보다 돈 많은 과부가 낫지."

그래서 용철은 그런 줄 알고 있었다. 안타까웠지만 어쩔 수 없다고 생각했다. 그런데 일이 여기서 끝나지 않았다.

어느 날 저녁이었다. 박 사장의 핸드폰 번호로 연락이 왔다. 용철은 전화를 받았다. 술에 취한 목소리가 들려왔다. 용철은 안쓰러운 마음에 그의 술주정이라도 들어주겠다고 생각하고 마음을 먹고 있었다.

"용철아, 너어, 그렇게 살지 마라."

"형님, 죄송합니다. 제가 도움이 못 되어 드려서….."

"니가 도움이 되고 말고 할 게 뭐 있겠냐? 다 내가 못나서 그런 건데… 근데 너 진짜 그렇게 살지 마라."

"죄송합니다."

혀 꼬부라진 목소리로 뭐라고 중얼거리던 그가 말했다.

"너무… 많았어."

"뭐가 말입니까, 형님?"

"의원님이 제시한 금액이… 너무 많았다고."

용철은 놀라서 되물었다.

"예? 의원님이 뭘 하셨다구요?"

"시추권… 따내 주면 얼마나 줄 수 있냐고 묻기에 대답해 줬는데… 너무 많았어… 그래도 따내주기만 하면 어떻게든 해주려고 했는데…."

웅얼거리는 소리가 수화기 밖에서 맴돌다 사라졌다.

"용철아… 대체 사람은 어디까지 거래를 해야 하는 거냐?"

용철은 말없이 듣고만 있었다.

"너두… 정치판에서 일하고 싶겠지… 근데… 거래를 어디까지 할지 늘 생각하고 있어라… 그 말 하려고 전화했다. 미안하다. 잘… 살아라."

그리고 전화는 뚝 하고 끊어졌다.

용철은 핸드폰을 놓을 생각을 못 하고 가만히 있었다.

Run기자 Fly관료

용철이와 가까운 형이 중앙행정부처에 사무관으로 근무했다. 그가 근무하는 중앙부처는 의원님이 소속된 상임위원회 소관이어서 용철과도 평소 소통할 일이 많았다. 형은 장관실에서 비서관으로 근무하고 있었다. 장관을 모시고 국회에 올 때면 용철을 만나러 의원회관 사무실에 들르곤 했다.

"장관님이 의원님들과 회의 중이라 잠깐 들렀다. 차 한 잔만 주라."

"안 그래도 형에게 물어볼 것이 있었는데."

"뭔데?"

"기자로부터 재미있는 얘기를 들었어."

"무슨 얘기?"

"형이 일하는 산업진흥부에서 혁신관련 TF(태스크포스)를 만들었죠?"

"응."

"그 TF 업무를 BH(청와대)에서도 주목하고 있다는데. TF에서 BH에 잘 보이려고 회의 내용을 부풀리고 조작했다는 얘기가 들려요."

"그럴 리가 있나. 그게 사실이라면 우리 산업진흥부가 공중분해 될 일이구만. 더구나 기사까지 나가면 여러 사람 곡소리 나겠는데. 확인해보고 연락 줄게."

다음 날 아침 형으로부터 급히 만나자는 연락이 왔다.

"어느 신문 기자인지 말해 줄 수 있어?"

"안 되지. 사람이 의리라는 게 있는데. 근데 기자 말이 사실인가 봐?"

"그 얘기를 했더니 장관실이 발칵 뒤집혔어. 우리 장관님 목이 날아갈 수도 있대."

"취재력이 뛰어난 아주 유능한 기자구만."

"용철아, 지금 너 만나러 간다고 하니까 장관님이 빨리 가서 좀 알아보란다. 이 사태를 해결하는 게 우선 급하니까."

"장관 목 달아나지 않게 하면 형에게도 좋은 거지?"

"그거야 말하면 뭐하냐."

용철이는 기자와의 의리를 저버리지 않는 범위 내에서 형을 도와줘야겠다는 생각을 했다.

"우선 기자에게 취재하고 있는 내용이 팩트라고 얘기해 주고, 대신 그 기사를 언제 쓸 건지, 또 어느 신문인지를 형에게 얘기해 줘도 되는지 물어볼게."

형 얼굴에 화색이 돌았다.

"용철아, 어느 신문에서 취재하고 있는지만 알아도 나는 한 건 하는 거다. 거기다가 기사가 언제 나가는지까지 보고하면 곧 있을 인사에서 서기관 승진을 위한 유리한 고지를 점할 수 있을 것 같다 히히히."

"형이 회의 내용 부풀리고 조작한 사람도 아니고, 엉뚱한 놈들이 똥 싸 놓은 것 흙으로 덮어주면 큰일 하는 거지. 거기다가 기자는 취재하고 있는 내용이 팩트로 확인되었으니 기사를 자신 있게 쓸 수 있고. 이런 것을 두고 누이 좋고 매부 좋다고 하는 건가?"

"그렇지. 사무실에 전화 좀 하고 올게. 이런 일은 일 분 일 초라도 빨리 보고해야 돼."

용철이도 기자로부터 기사화되기 전날 알려주겠다는 것과 어느 신문인지 얘기해도 좋다는 답을 들었다. 팩트로 확인된 이상 기자의 취재도 속도가 붙었다.

"기사 내일 나갑니다."

기자는 약속한 대로 기사가 나가기 전날 용철이에게 전화로 알려주었다. 데스크에게 기사를 넘기고 바로 전화를 한 것이라는 말도 덧붙였다.

용철이는 형에게 이 사실을 알려 주었다.

"내일 나간대."

용철이는 다음 날 아침 출근길에 조간신문을 한 부 샀다. 사무실로 배달되지만 1분1초라도 빨리 보고 싶었다. 도대체 기사를 어떻게 썼는지도 너무 궁금했다. 설레는 마음으로 신문을 뒤졌지만 기사가 보이지 않았다. 바로 기자에게 전화했다.

"기사가 안 보이네요?"

"무슨 소리예요. 어제 가판 기사 확인하고 퇴근했는데."

"그런데 기사가 없어요."

"이상하네. 확인해 볼게요."

잠시 후 기자로부터 전화가 왔다.

"가판에는 실었는데, 배달 판부터 빠졌네. 그 자식들이 나 퇴근하고 밤늦게 신문사 쳐들어와 살려달라고 싹싹 빌어서 국장이 빼줬다네. 왜 빼줬냐고 항의했더니 가판 나갔으면 볼 사람들은 다 봤다며 나만 참으면 될 일을 왜 그렇게 성질을 내냐고 하네. 도대체 그 자식들이 어떤 미끼를 던졌길래… 우이씨."

기자는 이럴 때가 제일 기자 노릇 하기 싫다며 씩씩거렸다. 과연 무슨 미끼를 던졌을까? 무궁무진한 상상력을 불러일으키는 찝찝한 이야기였지만 어쨌든 일은 마무리되었다. 잠시 후 형으로부터 전화가 왔다.

"용철아 정말 고맙다. 너 아니었으면 우리 장관님 모가지 날아갈 뻔했다 흐흐흐. 네 덕분에 나 한 건 했다."

"한 건 했다니 다행이네."

"그리고 부탁 하나 더 하자. 너도 알다시피 사무실에 있으면 엄청 피곤하거든, 퇴근도 늦고, 그런데 이번에 한 건 했더니 장관님이 앞으로 밖에서 필요한 일 있으면 사무실에 있지 말고 나가라고 하시네, 나도 누구 만나는지는 보고해야 하니까 용철이 네가 앞으로 나 좀 자주 불러줘라, 법카도 들고 나간다 흐흐흐."

뛰는(Run) 기자 위에서 날아다니는(Fly) 관료였다.

나와바리(동물의 점유 지역)

평소 용철과 가깝게 지내는 보좌관 형으로부터 연락이 왔다.

"내일 저녁 시간 되냐? 술 한 잔 진하게 하려고. 그럼 너까지 다섯 명이다."

다음 날 퇴근 후 보좌관 다섯 명은 택시 두 대에 나눠 타고 흑석동 한정식 집으로 달렸다.

형의 고향친구까지 6명이 모였다. 커다란 밥상을 사이에 두고 세 사람씩 앉았다. 형의 고향친구가 마련한 자리였다. 이러다 상다리가 부러지겠다 싶을 만큼 음식이 계속 나왔다. 애교 많은 40대 중반의 여사장이 방을 드나들며 보리굴비를 발라 줬다.

"어이 친구, 2차는 어딘가?"

"강남 물 좋은 곳으로 예약했어. 택시 불러 놨으니 자리 옮기자고."

일행은 대기하고 있던 택시에 나눠 타고 한강 이남에 있는 술집

골목으로 자리를 옮겼다.

젊은 여사장이 형의 고향친구에게 반갑게 인사했다. 이 가게 단골인 것 같았다.

"대표님 어서 오세요. 오늘 다른 손님은 일체 안 받습니다. 아가들아 셔터문 내려라."

홀에 있는 커다란 원형 테이블에는 양주와 맥주 그리고 과일과 육포 안주가 수북하게 쌓여 있었다.

"대표님. 아가씨들 나오라고 할까요?"

"당연하지."

형이 일어서더니 왼쪽 옆자리부터 시작해 참석자 모두의 맥주잔에 양주를 가득 따랐다. 그리고 큰소리로 건배사를 외치자 모두가 원샷을 했다. 돌아가는 술잔은 물레방아마냥 쉬지를 않았다.

"어이 사장. 가서 화채 좀 만들어 와. 그리고 이 집에서 최고로 비싼 술 가지고 와."

잠시 후 주방에서 커다란 볼에 담긴 화채 한 사발과 발렌 머시기 30년산이 테이블 중앙에 깔렸다. 형은 발렌 머시기 30년산 뚜껑을 따 화채 사발에 들어부었다. '콸콸콸' 그리고 오른쪽 와이셔츠 단추를 풀고 소매를 걷어 올리더니 씻지도 않은 손을 화채사발에 집어넣고 휘저었다.

이번에는 국자를 가져오라고 했다. 화채와 양주가 뒤섞인 잡탕을 국자로 퍼올리더니 사람들의 맥주잔에 가득 채웠다. 그리고 파도타기를 제안했다. 사람들은 마시기가 꺼림칙했지만 좌장의 요구인 만큼 거절할 분위기가 아니었다.

이때 중년의 남성이 양쪽 겨드랑이에 술병을 끼고 히죽히죽 웃으면서 들어왔다. 형은 그를 일행에게 소개했다.

"자자 모두 주목해 봐. 이 양반은 이 동네 치안 사령관이야. 여러분에게 인사드리러 왔어. 사령관님 인사하시지요."

사내는 함박웃음을 지으며 자신을 소개했다.

"제 나와바리를 찾아 주셔서 감사합니다. 빈손으로 올 수 없어 좋은 술 두 병 가져왔습니다."

사내는 자리에 앉자마자 형이 제조한 잡탕을 한순간에 들이키더니 건더기까지 와작와작 씹어 먹었다. 씻지 않은 손으로 휘젓는 모습을 보지 못해서 그런지 맛있게 잘도 먹었다. 한 잔 더 달라면서 말했다.

"이렇게 맛있는 술은 처음입니다."

여주인이 말을 받았다.

"우리 서장님은 참 비위도 좋으셔."

그는 이 동네 경찰서장이었다.

이번에는 서장이 자신이 들고 온 술로 잔을 돌리는데 어디서 많이 본 듯한 남성이 문을 열고 들어왔다.

형은 그에게 테이블 쪽으로 오라고 손짓하면서 동시에 좌중을 향해 큰 소리로 말했다.

"인기가수 김달구 군을 여러분들께 소개합니다."

'맞다. 김달구다. 이자가 여기는 어인 일인가?' 용철이는 그를 TV에서 여러 번 봤지만 막상 이름을 듣고서야 생각이 났다.

"달구는 내 후배인데 잠깐 들르라고 했어. 밤무대 이동 중에 온 거야."

김달구는 자신의 최고 히트곡이라며 '귀찮아 죽겠어'를 불렀는데 용철이는 처음 듣는 노래였다. 김달구가 떠나고 이번에는 인기가수 박수정이 왔다. 그녀가 등장하자 수컷들은 동공이 확장되며 열광했다. 김달구 때와는 확실히 달랐다. 좌중의 반응에 신이 난 형은 아까보다 더 큰 목소리로 그녀를 소개했다.

"여기 주목해 봐. 다들 알지 월드스타 박수정. 내가 아끼는 동생인데 잠깐 들르라고 했어."

연예기획사 사장도 아니고 국회의원 보좌관이 돈 벌려고 밤무대 뛰고 있는 가수들을 부르는 것도 의아한데 오라고 한다고 굳이 찾아오는 것이 용철에게는 그저 마냥 신기했다. 재밌는 것은 형이 이런 분위기를 즐기고 있다는 것이었다.

우레와 같은 박수를 받으며 박 양은 자신의 히트곡 '남자처럼 살 거예요'를 열창했다. 여기저기서 지갑이 열렸다.

"앵콜 앵콜!"

박 양이 또 다른 히트곡 '돈이 좋아'를 부르자 이번에는 모두가 따라 불렀다. 서장이 갑자기 홀에 나오더니 박 양에게 자신이 들고 온 술을 따라주었다. 박 양은 매니저가 없어 운전을 직접 해야 한다면서 서장의 술을 사양했다. 그리고 '돈이 좋아'를 계속 불렀다. 그제 서야 경찰서장은 지갑을 열더니 만 원짜리 한 장을 꺼내 박 양 바지춤에 슬며시 건넸다. 순간 술집 여사장이 큰 소리로 외쳤다.

"우리 서장님도 지갑 가지고 다니시는구나~ 히히히!"

모두가 깔깔대고 웃었다.

만취한 채 어찌어찌 집에 돌아오자 소유가 기다리고 있었다. 말없이 자신을 노려보는 소유를 보며 용철이는 이게 꿈인가 생시인가 했다. 왜 소유가 여기 있지? 그런 용철에게 소유가 입을 열었다.

"오늘이 무슨 날인지 알아?"

아뿔싸, 용철은 오늘이 소유와 자신이 만난 기념일이라는 것을 까맣게 잊고 있었던 것이다. 사과를 하려 해도 혀가 꼬여서 말을 할 수가 없었다. 웅얼거리는 자신이 한심하게 보일 걸 알면서도 그저 쓰러져 자고 싶은 마음뿐이었다.

"소유야, 미안해애애…"

"오빠가 하는 일 어렵다는 거 알아. 그런데 꼭 이렇게까지 해야 해?"

"그으게에…"

소유는 한심하다는 듯 용철을 바라보았다. 식탁 위에는 케이크와 스테이크가 놓여 있었다. 비틀거리는 와중에도 용철은 소유를 안아주기 위해 다가갔다. 하지만 소유는 매정하게 자신을 밀고 현관 밖으로 나갔다. 용철은 그대로 쓰러져 잠이 들었다. 아침에 일어나자 덩그러니 놓인 케이크와 스테이크만이 자신을 반겼다. 용철은 숙취에 고통 받으며 화장실에 들어가서 속에 든 것을 게워냈다. 그리고 거의 기다시피 출근했다. 사무실에 도착해 소유에게 전화를 걸었지만 아무리 신호음이 가도 받질 않았다. 한숨을 쉬며 어떤 식으로 보상을 해야 할지 궁리를 했지만 떠오르는 것이 없었다. 어제 왁자지껄한 분위기에서 놀았던 것이 꿈만 같았다. 생각해 보면 늘 그랬다. 이 판에 발을 들인 뒤로 차가운 현실과 흥청망청한 꿈속을 오갔다. 마약 같았다. 중독이었다. 빠져나갈 수가 없었다. 인생은 꿈인데 꿈속에서 또 꿈을 꿀 수 있으니 그것을 거절할 수 없는 것 같았다. 자신이 발 디디고 있는 삶은 이렇게 극과 극을 오갔다.

문득 고립감이 느껴졌다. 너무나 외로웠다. 소유가 보고 싶었다. 그녀 품에 안겨서 모든 시름을 잊고 평범한 사람처럼 살고 싶었다. 자신이 아슬아슬한 줄타기를 하는 것만 같았다. 이 줄에서 떨어져 내리면 무엇이 될까. '사람이 어디까지 거래를 해야 하는 거냐?' 박 사장의 말이 귓가에서 맴돌았다.

'좀 더 독해져야 해.' 용철은 그렇게 마음을 다잡았다. 소유에게는 사과의 의미로 꽃다발을 보내기로 했다.

노가다와 국회의원

여야가 입장을 달리하는 법안 심사가 국회 본청 상임위원회 회의실에서 열렸다. 여야 국회의원들의 고성 속에 펜기자들과 카메라 기자들이 몰려왔다.

"야, 여당 평생 할 줄 알아? 정신들 차려!"

"뭐라고. 당신들 여당 할 때는 찬성하더니 야당 되더니만 왜 반대하고 지랄이야?"

"뭐 지랄? 이 자식이 너 몇 살이야?"

"나이로 정치하냐? 초선인 놈이 어디 선배에게 막말이야?"

여야 의원들이 멱살잡이 직전까지 가자 일부 동료들이 뜯어 말렸다. 카메라 기자들은 그 순간을 놓치지 않기 위해 카메라 불빛이 펑펑 터졌다. 한마디로 개판이었다. 고상하게 굴던 국회의원들도 이 자리에선 투전판의 개처럼 싸웠다. 문득 어린 시절 자신을 물 먹였던 해신이를 몰래 쫓아가 친구들과 함께 보복을 해주었던 일이 생각났다. 그때와 지금이 별반 다를 게 없어 보였다.

"의원님, 야당 시절 반대하다가 여당이 되고 이리 밀어붙이는 이유는 뭡니까? 그리고 의원님은 여당 시절 찬성하다가 야당 되고 반대하는 이유는 또 뭡니까?"

기자들이 맞장구치듯 싸움판을 키웠다. 위원장은 더 이상 회의 진행이 어렵다고 판단해 정회를 선포하면서 방망이를 세 번 두들 겼다. 여야 의원들은 상임위원장실로 몰려 들어가 기자들이 들어 오지 못하도록 방문을 안에서 잠가버렸다. 기자들도 전쟁터 같았 던 장면을 기사 마감시간 전에 회사로 보내기 위해 기자실 각자의 부스로 흩어졌다. 상임위원장실에 모인 여야 의원들은 이내 평온 을 되찾았다. 의원들은 삼삼오오 모여 수다를 떨었다.

"이 의원, 그렇게 소리를 크게 지르면 어떻게 해. 아주 깜짝 놀 랐어~"
"형님, 다 아시면서 그러세요. 그럼 거기서 제가 입 다물고 있으 면 지역구에서 저를 어떻게 생각하겠습니까. 사쿠라로 욕하지 않 겠습니까. 다 아시면서."
조금 전 멱살잡이 직전까지 갔던 의원들은 테이블 위에 놓여있 는 사탕을 까먹으면서 대화를 이어갔다.
"형님, 카메라가 있어서 오바 좀 한 것이니 깊으신 이해를 구합니다. 하하하. 그 대신 저녁에 술이나 한잔하시죠. 제가 좋은 데서 모시겠습니다."

"그럴까? 지역구 행사가 하나 있는데 그거 빨리 끝내고 갈게."

마치 치열한 전쟁을 주제로 한 연극을 끝낸 후 장막 뒤에서 뒤풀이를 하는 배우들을 보는 것만 같았다. 아무런 양심의 가책도 없이 '한 판 잘 끝냈다'고 말하는 듯한 푸근한 미소를 짓는 얼굴들이 주변에 가득했다. 한마디로 '국회는 요지경'이었다.

이 장면을 현장에서 지켜본 용철이는 어이가 상실되는 기분을 느꼈다. 이놈의 정치판은 보면 볼수록 매번 새롭다. 어디까지가 한계인지 도대체가 알 수가 없을 정도다. 국민들이 이러한 작태를 알고 있을까? 안다고 해도 별반 달라지는 것은 없을 것이다. 국회의원들이 얼마나 탁월한 연기력의 소유자들인가. 절대 그럴 일 없다고 발뺌하면 그만이다. 왜인지 화가 난다. 자기도 딱히 떳떳한 사람이 아님에도 '난 저 정도는 아니다'라고 선을 긋고 싶었다. 유치한 위선일지라도 그랬다.

용철은 고개를 절레절레 저으며 퇴근을 하고 친구와 순댓국집에서 돼지머리를 안주로 막걸리를 마셨다. 재래시장 순댓국집은 가격이 저렴해 주머니가 가벼운 사람들이 많이 찾았다. 이날도 고된 막노동 일을 마치고 술시에 몰려든 노가다 아저씨들로 식당 안이 시끌벅적했다.

순댓국집 벽에 걸려 있는 TV화면에서는 낮에 국회에서 벌어졌던 여야의원들의 싸움하는 장면이 보였다. 순간 옆 테이블에서 고성이 터졌다.

"아무리 그래도 그렇지 지들이 여당일 때 하자고 했던 것을 야당 됐다고 반대하면 그게 인간이 할 짓이냐?"
"그럼 야당일 때 반대하던 놈들이 여당 됐다고 밀어붙이는 건 양아치들이나 하는 짓 아니야?"
"뭐라고? 이 새끼도 꼴통이네!"
"너 지금 뭐라고 했어. 꼴통? 그럼 너는 쓰레기냐?"
낮에 국회의원들로부터 들었던 대화내용과 거의 흡사했다.

고성으로 시작해 욕설로 발전하더니 어느새 술잔을 던지고 급기야 소주병까지 날아다녔다. 놀란 순댓국집 주인아주머니는 이들을 뜯어말리다 포기하고 이내 경찰에 신고를 했다. 잠시 후 경찰관들이 출동해 싸우고 있는 노가다 아저씨들을 가게 안에서 모조리 끌고 나갔다. 주인 잃은 돼지머리에서는 아직도 김이 모락모락 올라오고 있었다. 용철이와 함께 이 장면을 지켜보던 친구가 한마디 던졌다.
"저 사람들 내일 일도 못 나가겠다. 그치? 하루 벌어 하루 먹고 사는 사람들일 텐데 말이야. 안타깝네."
용철이가 친구의 말을 받았다.

"그러게. 망가뜨린 물건도 다 물어내야 할 텐데."

노가다 아저씨들은 경찰차에 실려 가고 주인아주머니는 그들이
깨뜨린 병조각을 줍고 있는 때에도 TV화면에서는 욕설에 몸싸움
을 벌이고 있는 여야 국회의원들의 모습이 계속 나왔다. 지금 어
딘가 좋은 곳에서 화기애애한 시간을 보내고 있을 그들이 TV화면
에서는 계속 싸우고 있었다. 용철은 자신이 가면극의 한복판에 있
다는 것이 실감났다.

원숭이와 국회의원

의원회관 사무실에 전직 국회의원이 방문했다.

"의원님 계신가요? 김팔봉 전 의원입니다."

의원님은 그를 매우 반갑게 맞았다.

"아이구 형님. 이게 얼마만입니까. 잘 오셨습니다."

용철이가 동료에게 물었다.

"김팔봉 의원님이 누구야?"

"지지난 총선에서 낙선하신 분이야. 저분 장관도 하셨고, 대학 총장도 지내신 분이야."

의원님이 용철이를 불렀다.

"용철 군, 장관님께서 말씀하시는 것을 메모하게."

의원님이 장관님으로 호칭하자 갑자기 김팔봉 전 의원의 자랑 질이 시작됐다.

"동생, 국회의원과 장관, 대학 총장은 모두 장관급 아닌가. 내가 그 세 가지를 모두 해 본 사람 아닌가. 그런데 동생처럼 장관으로 불러 주는 것이 나는 제일 듣기 좋더라고 하하하.”

“그렇습니까. 장관급인 그 세 자리를 모두 경험해 보신 형님은 정말 대단하십니다. 저는 장관도 대학총장도 못 해봐서 전혀 감이 안 옵니다.”

“그런데 요즘 놀고 있다 보니 오히려 상실감이 더 커. 마음이 허전하이.”

“저는 국회의원만 하고 있어서 잘 모르겠습니다. 그 세 가지 중 어느 자리가 제일 좋으시던가요?”

“국회의원이지.”

“장관이 아니구요?”

“국회의원이 권한에 비해 책임에서 제일 자유롭지.”

“자세히 말씀해 주세요. 아주 궁금하네요.”

“장관 임명받아 처음 그 자리에 가면 사실 아무것도 모르잖아. 취임식 날부터 비서실에서 뺑뺑이를 돌려요.”

“뺑뺑이라뇨?”

“아, 그 친구들이 이른 아침부터 늦은 밤까지 일정을 빼곡히 잡아 놓고 사람 혼을 다 빼 놓더라고. 일정에 치이다 보면 다람쥐 쳇바퀴 돌듯이 돌다가 임기가 끝나더라고.”

“장관의 혼을 빼 놓다니요?”

“새로 온 장관 길들이기를 하는 거지. 나야 길어야 일이 년 거쳐 가는 사람이고 그 자식들이야 한평생을 공무원으로 벌어먹는 놈들이니 내가 얼마나 우습겠나. 그렇게 한 달 지나면 그때부터는 다람쥐 쳇바퀴 돌 듯 돌아가는 거야."

"그래도 남들은 못 해봐서 안달입니다."

김팔봉 전 의원의 경험담은 계속 이어졌다.

"거기다가 장관은 책임져야 할 일이 또 오죽 많은가. 조금만 잘 못하면 BH에서 한소리 듣지, 언론에서 두들겨 맞지, 국민들에게 는 욕을 바가지로 얻어먹고, 겉으로는 좋아 보여도 알고 보면 애로가 많아."

"말씀 들어 보니 그렇기도 하겠습니다 그려."

"대학 총장도 책임지고 눈치 볼 것투성이야. 재단 눈치, 교수들 눈치, 요즘은 학생들 눈치도 봐야 해. 눈칫밥 먹다가 임기 끝나버려. 그래서 눈치 볼 일 없고, 책임질 일 별로 없는 국회의원이 장땡이야!"

"형님, 그럼 그 좋은 국회의원 낙선하시니 기분이 어떻던가요? 저도 늘 낙선을 대비해 마음의 준비를 해야 할 것 같아서요."

"국회의원 떨어지면 비참하지. 말이 있지 않은가. 원숭이는 나무에서 떨어져도 원숭인데 국회의원은 선거에서 떨어지면 사람도 아니라고."

용철이는 웃음이 터지려는 것을 겨우 참았다.

"동생, 내가 국회의원 떨어지고 제일 비참했던 때가 언제였는지 아나?"

"언제였는데요?"

"국회의원 시절에는 장관에게 전화하면 금방 연결해 주었고, 설사 회의 중이라 연결이 안 되면 회의 끝나고 바로 콜백이 왔는데 말이지. 아니 국회의원 떨어지니까 전화도 안 바꿔주고, 콜백도 없더라고. 그때 제일 비참하더만…."

"형님 말씀 들어보니 저도 마음의 준비를 단단히 하면서 살아야겠습니다. 하하하."

"동생, 사람이 전화를 하면 받아야지. 못 받았으면 나중에 전화를 주던가. 그게 사람의 도리지. 안 그래?"

김팔봉 전 의원은 사무실을 나서며 한마디 덧붙였다.

"동생, 실세 의원이라 바쁠 터인데 이렇게 만나줘서 정말 고맙네."

"아이구 형님 별 말씀을 다 하십니다. 조만간 연락 올리고 밥 한 번 사겠습니다."

그가 시야에서 사라지자 의원님이 한 마디 하셨다.

"저 양반, 내가 백수 시절에 그렇게 전화해도 안 받아 놓고는. 자기가 당해봐야 안다니까."

용철은 궁금해서 물었다.

"오늘 찾아온 것도 뭔가 부탁할 일이 있어서일까요?"

"그럴지도 모르지. 미리 얼굴 한번 비추어 놓고 나중에 슬금슬금 용건을 꺼낼지도."

"그럼 어떻게 하실 건가요? 들어주실 겁니까?"

"무슨 일인지 봐서 해야지. 원숭이도 못 되는 사람 말을 다 들어주어야겠는가? 생각해 보게."

냉정하게 말하는 의원님의 말에 용철은 살짝 모골이 송연해졌다. 권력에서 떨어져 나간 전직 정치인은 정말 아무것도 아니라는 생각에 바짝 긴장이 되었다. 자신도 결국 그렇게 될까? 이 일을 그만두고 나면 어쩔까? 소유 생각이 났다. 이제 슬슬 결혼 얘기가 오가고 있는 참이었다. 무능력한 남편이 되고 싶지 않았다. 당당한 한 가정의 책임자가 되어야 했다. 용철은 더욱 이를 악물어야겠다고 다짐했다.

물 반 쓰레기 반

    어민들이 찾아왔다. 정부에서 정해 준 어망으로는 도대체가 물고기를 잡을 수가 없다면서 대책을 요구했다. 현장에 답이 있다고 했다. 어민들이 요구하는 어망을 확인하고 정부에서 허락한 어망은 실제로 어떤 문제가 있는지 직접 눈으로 확인하기 위해 용철이는 어민들과 함께 바다에 나가보기로 했다. 어민들과 약속한 날 이른 새벽에 집을 나섰다. 동이 트기도 전 어민들은 서해안 포구에서 용철이를 기다리고 있었다. 해양 정책을 담당하는 수산부 공무원들도 와 있었다. 977이라고 부르는 어선 두 척도 대기하고 있었다.

    한 척은 어민들이 원하는 어망을, 또 다른 한 척은 당국이 정해 준 어망을 달았다.
    977어선 두 척에 각기 다른 어망을 매달고 같은 장소에서 30분을 조업한 후 끌어 올려 포획물을 살펴보기로 했다. 이와 같은 작업을 오전, 오후 각각 두 차례씩 모두 네 번을 하여 어민들 말이 맞는지 아니면 공무원들 말이 맞는지 따져볼 참이었다.

한 어민이 긴장한 표정으로 말했다.
"보좌관님, 두고 보셔유. 저희 말이 맞을 거구먼유. 결과 나오면 공무원들 암말 못 할 거구만유."
어민의 말이 끝나기 무섭게 이번에는 수산부에서 나온 공무원이 말했다.
"보좌관님, 정부는 그간의 정확한 빅데이터를 근거로 규정을 마련해 시행하고 있는 만큼, 두고 보십시오. 어민들 말이 틀리다는 것을 직접 눈으로 확인할 수 있을 겁니다."

어민들은 정부가 허가해 준 어망으로 작업해 봐야 서해바다의 뻘만 올라온다면서 불만을 토로했다. 이와 반대로 공무원들은 어민들이 요구하는 어망을 사용하게 되면 물고기의 씨가 말라 어족자원이 고갈될 것이라고 주장했다.

두 척의 어선에 나눠 타고 어민들이 실제 조업을 하는 바다로 나갔다. 이날의 실사를 도와주려는 듯 바다는 바람 한 점 없이 평온했다. 977은 한 시간을 넘게 달려 목적지에 도착했다. 어망을 내리는 동안 매일 바다에서 일하는 어민들은 담배만 피워댔고 육지에서 온 사람들은 풍광 좋은 바다 경치에 푹 빠져 서로 사진을 찍어주었다.

"경치가 죽여주네. 저리 쭉 가면 중국이라면서?" 수산부에서 나온 공무원의 한마디에 모두들 그가 가리킨 방향으로 눈을 돌렸다. 어촌계장은 이런 모습이 마음에 안 들었는지 비아냥거리듯 한 마디 했다.

"어이 수산부에서 나오신 양반, 회 좀 썰어 드릴까유?"

그 사이 어선 두 척은 같은 방향을 향해 나아가며 30여 분간 어망을 끌었다. 수산부 공무원이 시계를 들여다보고는 어민들에게 손짓을 했다. 그러자 어민들은 두 어선에서 동시에 어망을 들어올리기 시작했다.

'우우우우우웅 위이이이이잉'

두 배에서 어망을 들어 올리는 소리가 대단했다. 마치 탱크가 기동하는 소리처럼 그 굉음이 요란했다. 어민과 공무원들 모두 긴장한 표정으로 갑판 위로 올라오는 어망을 뚫어지게 쳐다보고 있었다. 특히 어민들은 속이 타는지 너나없이 일제히 담배를 입에 물고 연기를 연신 뿜어 대고 있었다. 다 태운 담배꽁초는 바다에 던져 버렸다.

평온하던 바다에 바람이 불기 시작했다. 용철이는 한기를 느졌다. 콧물이 나왔다. 주머니에서 화장지를 꺼내 코를 풀고 쓰레기통을 찾았지만 보이지 않았다. 주위를 두리번거리는 용철이에게 한 어민이 다가왔다.

"보좌관님. 뭐 찾으세유?"

"쓰레기통이요."

"배에는 쓰레기통 같은 것 없어유. 그냥 바다에 던지세유. 아이구 참 나는 또 뭐 찾는다고."

용철이는 콧물 닦은 휴지를 그냥 호주머니에 집어넣었다.

드디어 어망이 올라왔다. 그런데 이게 웬일인가. 두 배가 끌어 올린 어망에는 손가락만 한 물고기 몇 마리만 팔딱거릴 뿐 온통 쓰레기뿐이었다. 어민들과 공무원들의 얼굴이 동시에 일그러졌다.

"아니 이게 웬일이래유. 어망 저렇게 만들면 고기가 많이 잡힐 줄 알았는데 뭔일이래유."

"아니 이게 뭐야. 쓰레기만 올라오네."

어민들은 어민들대로 공무원들은 공무원들대로 놀란 모습이었다.

수산부 공무원이 어민들에게 말했다.

"어망 다시 던져 봅시다."

"그래유. 바람이 잠잠했는데 어망 끄는 동안 바람이 불어 그런 것 같애유. 장소를 쬐끔 옮겨 던져 보지유."

어망에 걸려 올라온 쓰레기가 갑판에 한 가득이다. 용철이는 저 많은 쓰레기를 어쩌나 싶어 내심 걱정이 되었다. 어민들은 배 저쪽에서 삽을 몇 자루 가져오더니 갑판 위에 쌓여있는 쓰레기를 다시 바다로 던져 버렸다. 깜짝 놀란 용철이가 쓰레기를 버리고 있는 어민들에게 큰소리로 말했다.

"아니 지금 뭐 하시는 거예요? 그 쓰레기를 다시 바다에 버리면 어떻게 합니까?"

용철이 말에 삽질을 멈춘 어민도 똑같이 소리를 질렀다.

"그럼 어떡해유. 가져가유? 어떻게 가져가유. 가져가면 어디다가 버려유? 아니면 보좌관님이 가져갈래유?"

어민은 오히려 용철이의 말을 이해할 수 없다는 듯 따지고 들었다. 함께 삽질하고 있던 어민들은 곁눈질만 할 뿐 삽질에 여념이 없었다. 용철이는 강 건너 불구경하듯이 광경을 멀끔히 쳐다만 보고 있는 수산부 공무원들이 더 못마땅했다. 바다 풍광에 빠져 히히덕거릴 때부터 마음에 안 들었다.

'공무원이란 놈들이 하는 짓 하고는… 이러니까 국민들에게 욕을 먹지.'

배에 가득 쌓여 있던 쓰레기 더미는 어느새 사라졌고 어민들 요구대로 장소를 옮기어 어망을 같은 방법으로 던졌다. 한 어민은 어망이 내려지는 동안 미처 다 버리지 못한 쓰레기를 마저 바다로 쓸어 버렸다. 어망을 끌면서 다시 고깃배는 30여 분 달렸고 어망 올라오는 굉음이 또 들렸다. 드디어 두 번째 어망이 갑판 위로 올라왔다. 어민과 공무원들의 얼굴이 아까보다 더 일그러졌다. 처음보다 물고기는 더 적었고 쓰레기는 더 많이 올라왔다.

쓰레기 백화점이었다. 인근 해수욕장에서 밀려온 것으로 보이는 오리발, 물안경에 콜라 캔도 모자라 콜라 병까지 올라왔다. 게다가 어민들이 버린 것으로 보이는 각종 어구와 어망들까지 가히 바다 속은 쓰레기 전시장이었다. 이번 실사를 통해 물고기가 안 잡히는 것은 어망 탓이 아니라는 것이 적나라하게 드러났다. 바다 속이 물 반 쓰레기 반이니 물고기가 잡힐 턱이 없었다. 용철이 옆에서 함께 광경을 지켜보던 어민이 담배를 꺼내 물며 말했다.

"태풍이 한번 화악 불어줘야 되것구만유. 바다 속 청소하는 데는 태풍만 한 것이 없지유."

마치 기다렸다는 듯 수산부 공무원이 어민의 말을 거들었다.

"맞아요 맞아. 태풍이 한 번 쓸고 지나가면 바다 바닥이 확 뒤집어집니다."

용철이가 한마디 했다.

"…어망이 문제가 아니라 쓰레기가 문제입니다. 쓰레기를 버리지 못하도록 대책을 세워야 할 것 같습니다. 끌어 올린 쓰레기를 무게에 따라 돈으로 쳐주는 법이라도 만들어야겠습니다."

한 어민이 웃었다.

"아이고 보좌관님은 참 순진하시네유. 그럼 집에 있는 쓰레기까지 배로 가져오지유. 흐흐흐."

용철이는 집으로 돌아오는 길에 수산부에서 바다정책을 총괄한다는 책임자에게 문자를 보냈다.

'바다에 쓰레기를 버리는 것을 보고 깜짝 놀랐습니다. 어망에 올라온 쓰레기 더미에서 팔딱거리는 몇 마리의 물고기만 챙기고 쓰레기는 다시 바다로 버립니다. 대책이 필요합니다. 바다가 이렇게 오염이 되어서 심히 걱정됩니다. 법을 만들어 강제해야 할 지경입니다.'

그로부터 바로 답이 왔다.
"챙기도록 하겠습니다."

이후로도 쓰레기는 계속 바다에 버려지고 있지만 챙기겠다던 수산부 책임자는 이미 다른 부서로 자리를 옮겼고, 후임 책임자는 상황을 파악하고 있는 중이었다.

공무원들의 한심한 작태에 기분이 나빠진 용철은 자신이 언젠가라도 권력의 실세가 된다면 저런 놈들은 싸그리 잡아서 정직 처분을 내릴 것이라고 생각했다. 어민들이나 어민들을 관리하는 이들이나 정신 상태가 다 썩어빠져 있었다. 이러니까 대한민국이 아직 후진국 소리나 듣지. 일처리가 굉장히 무성의했다. 이런 것을

두고 볼 수가 없었다. 용철은 자신의 마음속 노트에 꼭 처리해야
할 일 하나를 더 기록해 두었다.

양아치

어느덧 대선(대통령선거)의 계절이 다시 돌아왔다. 용철이가 지원하는 대통령후보의 첫 유세는 부산역광장에서 시작했다. 대구와 대전을 들러 서울역에서 마무리하는 일정이었다. 용철은 기자들과 선거운동원들의 기차표가 들어 있는 배낭을 메고 전날 밤 부산역에 도착했다. 선거비용을 조금이라도 아끼려고 여관도 아닌 역 근처 캡슐방에서 선잠을 자고 아침 일찍 부산역 광장으로 향했다. 이른 시간임에도 광장에는 박대풍 후보 지지자들로 가득했다. 스피커에서 흘러나오는 노래 소리로 귀청이 찢어질 것만 같았지만 지지자들은 더 크게 틀어달라고 요구했다. 저 멀리서 대통령후보가 수많은 사람들에게 둘러싸여 광장으로 걸어왔다.

"박대풍! 박대풍! 박대풍!"

용철이 귀에는 대풍이 태풍으로 들렸다. 노래와 율동과 연설로 이어진 떠들썩한 첫 유세가 끝났다. 구름떼 같은 인파가 다시 후보를 에워싼 채 기차를 타기 위해 게이트로 이동했다. 용철이는 그들보다 앞서 표를 검사하는 곳에 가 있었다. 구간별로 예매해 몇 백 장씩 고무줄로 묶어 놓은 기차표 뭉텅이를 가방에서 꺼내어 검표원과 함께 대구행 차표를 확인하려는 순간 수많은 인파가 게이트를 휩쓸고 지나가기 시작했다. 바리게이트가 넘어지고 누가 기자인지, 선거운동원인지 확인을 할 수 없었다. 일반 승객들도 인파에 묻혀 그냥 게이트를 빠져나가고 있었다. 검표원도 몰려드는 사람들에 휩쓸려 어느새 자기 자리에서 저만치 밀려나 있었다. 검표원은 표 확인을 포기했다. 박대풍 후보 지지자들의 연호에 맞춰 검표원도 어느새 오른팔을 흔들어 대며 구호를 따라 외치고 있었다.

"박대풍! 박대풍! 박대풍!"

검표원도 박대풍 지지자였다. 역 안은 아수라장이었다. 뒤에서 밀려드는 사람들로 인해 용철이는 걷지 않고도 플랫폼에 와 있었다. 겨우 기차에 올랐다. 정해진 좌석도 없었고 비어 있는 자리에 아무나 앉았다. 콩나물시루와 같이 서 있기도 어려웠다. 객실 안이 마치 피난열차 같았다. 대구에 도착하자마자 용철이는 매표소로 뛰어가 나머지 기차표는 수수료를 떼고 모두 환불받았다. 가방은 기차표 대신 환불받은 지폐로 가득했다.

다음 날 아침 선거대책본부에서 회의가 열렸다. 용철이는 환불받은 돈 가방을 들고 회의에 참석했다. 회의 막바지에 참석자들은 전날 사용했던 선거비용 정산을 요구했다. 하나같이 초과된 비용을 청구했다. 담당국장은 인상을 찌푸렸다. 마지막으로 용철이 차례가 왔다. 국장은 미간에 팔자 주름이 깊어진 채 용철이를 노려보고 있었다.

"얼마나 모자란데?"

용철이는 돈 가방을 국장에게 건네며 말했다.

"환불한 돈입니다."

돈 가방을 열어본 국장의 얼굴이 달덩이처럼 환해졌다.

"박대풍 후보님의 당선을 위해 한 푼이라도 아끼려는 김용철 동지의 애당심 너무나 훌륭합니다. 우리 모두 용철 동지에게 뜨거운 박수를 보냅시다!"

국장은 돈 가방을 들고 사라졌다. 그 자리에 있던 동료가 용철이에게 말했다.

"저 돈을 차라리 아프리카 우물 파는 데 보내는 편이 나을 뻔했다."

당연스럽게도, 그날 국장이 들고 간 돈 가방의 행방은 알 수가 없었다.

임명장

'좋은세상만들기지원단장' '대선후보특별보좌단장' '선진국가창
조위원회위원장'… 단장, 위원장 밑에 부단장, 부위원장까지… 어
차피 월급 주는 자리도 아닌데 감투를 천 개 만 개 만드는 것은 일
도 아니었다. 용철이는 대선캠프에서 임명장을 하루에만 수백 장
씩 찍어내는 일을 했다. 대선캠프에서 한 표라도 더 긁어모으기
위해 임명장을 남발했다는 표현이 맞았다. 종잇장 하나지만 그것
을 받는 것과 그렇지 않은 것은 하늘과 땅 차이였다. 사람들은 임
명장을 받아들면 정말이지 열심히 선거운동을 했다. 가성비가 좋
았다. 종잇장 하나에 최소한 한 표라. 물론 이 등식이 그대로 성립
되는 것이 아닐지라도 사람들은 감투를 쓰면 확실히 부지런히 움
직였다.

자리가 사람을 만든다고 직책 하나에 이렇게 책임감을 가지게

된다는 건 썩 이용하기 좋은 인간의 심리였다. 어쩌면 선거에서 이긴 후에 '진짜 감투'를 받게 될 거라 기대하는지도 모른다. 그 기대가 전부 이뤄질 거라 장담할 수는 없지만, 일말의 가능성이라도 있는 것처럼 여지를 두는 것이 훨씬 지혜로운 행동임은 설명할 필요가 없었다.

용철이는 우선 꼭지를 세웠다. 꼭지의 사전상 정의는 일정한 양으로 묶은 것을 세는 일종의 단위 정도로 이해할 수 있지만 정치 세계에서는 조직을 할 때 앞장서는 사람이라고나 할까. 조폭세계에서의 행동대장과 같은 대충 뭐 그런 의미였다. 영어를 좋아하는 사람들은 꼭지를 포스트라고도 불렀다.

어떤 꼭지들은 하루에 수백 명의 명단을 가져왔는데, 교회나 사찰의 명부에서 베껴왔다.

임명장이 제작되면 우선 꼭지에게 보내 그로 하여금 자신이 추천한 사람들에게 직접 나눠주면서 선거운동을 하도록 독려했다. 국회의원에게 잘 보이려고 아무 명단에서나 베껴 추천한 꼭지는 그렇게 전달받은 임명장을 책상 위에 수북이 쌓아 놓은 채 선거가 끝나도록 나눠주지도 못했다. 누군지도 모르는 사람들의 임명장을 나눠주고 싶어도 나눠줄 수가 없었다.

임명장을 찍어내기 위해서는 직업도 써넣어야 했다. 주부들은 직업이 없다며 항의했다. 이럴 때는 '좋은 주부를 지향하는 포럼 회원' 식으로 적당히 만들어 처리했다.

충청도 시골에서 고물상을 운영하고 있는 김만표 선생은 대선이 끝나고 곧 있을 지방선거에 동네 기초의원으로 출마 준비를 하고 있었다. 그가 용철이에게 부탁했다.

"동생, 내 선거운동에 필요해서 그러는데 임명장에 우리 동네 선대위원장으로 찍어주면 안될까?"

"안 될 것 있겠습니까. 월급 받는 자리도 아닌데. 물어볼게요."

용철이는 대선캠프 임명장 제작 책임자에게 사정을 말했다.

"하나 만들어 주시죠. 열심히 하겠다는데."

"안 돼. 그 동네서 기초의원 나오겠다는 사람들이 줄을 섰는데 그 사람에게만 그 직책을 주면 난리나. 그 동네가 충청도지? 차라리 충청도 선대위원장으로 찍어줘."

"그게 말이 되요? 훨씬 높은 자린데요?"

"그 양반이 충청도 도지사 나간다고 생각하는 사람이 있겠어? 차라리 그게 나아."

대선을 앞두고 위원장 감투를 서너 개씩 쓴 사람들이 수두룩했다. 용철이가 그중 한 사람에게 말했다.

"형님, 올해 관운이 대단하십니다."

"용철아, 너 약 올리는 거지?"

용철은 비식 웃으며 대답했다.

"어쨌든 감투는 감투 아닙니까. 사람 일은 앞으로 어떻게 될지 아무도 몰라요."

그 말에 딱히 어깃장을 놓을 생각은 없는 듯 그는 입을 비죽이 며 말을 받았다.

"됐다, 야, 나중에 잘되면 한 턱 쏠께."

그 한 턱의 범위가 어디까지인지는 모르겠으나 분명한 것은 임 명장을 받아든 대부분의 사람들이 뭔가를 기대하고 있다는 건 분 명했다. 용철은 그런 말을 들을 때마다 적극적으로 두 손을 맞잡 으며 좋은 일이 생길 거라고 말하곤 했다. 은연중에 더 큰 무언가 가 주어질 거라고 암시하듯 유난을 떨기도 했다. 그 정도는 누워 서 떡 먹기였다.

4장

눈먼 돈
눈 달린 돈

꿈

용철은 대통령후보 전용버스에 함께 타는 영광을 얻었다. 버스
에는 후보를 포함해 가방모찌라고 부르는 수행비서와 경호원들
그리고 후보의 화장을 책임지는 메이크업아티스트, 옷매무새를
만져주는 스타일리스트와 후보 전속사진사 등 열 명 안팎의 소수
인원만 탑승할 수 있었다. 후보 전용버스는 45인승 버스를 개조
해 키가 큰 농구선수도 다리를 쭉 뻗고 누울 수 있을 만큼 좌석 간
간격을 넓혔고 달리는 차 안에서도 회의를 할 수 있도록 널따란
회의용 테이블도 설치했다.

유력 대통령 후보에게는 현직에 준하는 경호를 받을 수 있도록
배려했다. 후보가 타고 있는 버스가 멈추지 않고 달릴 수 있도록
경찰은 교통신호도 잡아주었다. 도로변에는 경찰관들이 일정한 간
격으로 배치되어 버스가 지나는 도로를 등지고 선 채 경호를 했다.

유세가 있는 곳마다 지지자들의 환호로 열기가 뜨거웠다. 후보 버스에 앞서 도착해 유세를 준비하는 사람들도 있었다.

서울에서 트럭을 가지고 운송업을 하는 사내가 있었다. 그는 대통령선거대책위원회와 계약을 맺고 일을 하고 있다고 말했다. 사내의 임무는 카메라 기자들이 사진을 찍기 위해 밟고 올라설 이동식 계단을 트럭에 싣고 다니면서 유세현장에 미리 도착해 설치해주는 것이었다. 후보 일행보다 미리 도착하여야 하는 까닭에 트럭 두 대가 한 조로 움직였다.

한 번은 화장실에 간 용철이를 태우지 않고 버스가 출발했다. 용철은 사내의 트럭을 얻어 타고 다음 유세현장으로 이동했다. 트럭은 후보가 탄 버스를 뒤따라갔다. 사내는 트럭의 가속 페달을 힘껏 밟으면서 말했다.

"내 인생에 이런 날도 있나 싶습니다. 도로에서 경찰에게 교통법규 위반 딱지나 뜯겨봤지 이렇게 경찰이 에스코트 해주는 트럭을 운전하다니요. 이런 날을 상상이나 해 봤겠습니까."

그는 돕고 있는 후보가 꼭 당선되었으면 좋겠다고 말했다.

선거에 열기가 올랐다.

대통령후보는 청주 육거리시장에서 유세를 마치고 다음 장소인 천안으로 이동하기 위해 버스에 올랐다. 그런데 고속도로가 주차장이었다. 선두에서 에스코트하고 있던 경찰차의 창문이 열렸다. 경찰관이 상반신을 차창 밖으로 내밀었다. 요란한 사이렌 소리와 함께 빨간 불빛이 번쩍이는 봉으로 앞서 가는 차량에게 비켜달라는 사인을 보냈다. 사이렌 소리에 놀란 운전자들은 사이드미러를 통해 후방을 살폈다. 그리고 일제히 차선을 비워주었다. 버스는 속도를 내기 시작했다. 예정된 시간에 천안의 유세 현장에 도착할 수 있었다. 모세가 양팔을 올렸더니 홍해가 갈라졌듯이 경찰관이 봉을 들고 있는 팔을 올렸더니 고속도로가 갈라졌다.

자신이 지지하는 대통령 후보가 타고 있는 버스임을 알아보고 어떤 운전자들은 후보를 향해 승리의 브이 자로 응원했고, 다른 이들은 차량의 경적을 울리기도 했다. 또 다른 이들은 창문을 열고 손을 흔들었다.

용철이는 후보의 반응이 궁금했다. 물도 마실 겸 버스 안에 마련된 냉장고로 향하다가 후보를 살짝 보았더니 얼굴에 환한 미소를 지은 채 코를 골며 자고 있었다. 대통령이 된 꿈을 꾸고 있는 것처럼 보였다.

범방

    용철이 친구는 시골 검찰청에서 검사로 근무했다. 용철이가 대통령후보와 전국을 돌아다니고 있다는 얘기를 듣고 근처에 오면 꼭 연락을 달라고 했다. 포항에서 마지막 유세가 끝났고 다음 날은 부산에서 첫 유세가 있었다. 용철이가 친구에게 전화를 걸었다.

    "친구야, 포항에 왔다. 내가 그리 갈까?"

    "용철아, 빨리 와라. 숙소는 시골에서 제일 좋은 여관으로 잡아 놓을게."

    용철이는 시외버스를 타고 친구가 있는 곳으로 달렸다. 포항에서 가까운 거리는 아니었지만 여기까지 왔는데 얼굴은 보고 가야 할 것 같았다. 시외버스터미널에서 내려 택시를 타고 검찰청으로 향했다. 친구가 정문 앞에서 용철이를 기다리고 있었다.

    "아이고 용철아! 이게 얼마만이냐. 수고 많지? 한잔하러 가자."

    용철이는 친구와 함께 허름한 주점으로 들어갔다.

"아이고 검사님요. 어서 오이소. 방으로 모시겠심더."

용철이가 친구에게 물었다.

"여기도 방이 있냐?"

"딱 하나 있지."

여주인의 안내를 받아 방으로 들어가는데 그 방에서 중년의 사내가 나왔다. 그는 입구에서 용철이와 친구를 힐끗 쳐다보고 지나갔다. 친구가 주인에게 물었다.

"저 사람은 누군데 쳐다보고 가?"

"히히히 검사님도 아시다시피 우리 가게는 이 방 하나밖에 없자나예. 그래서 지가 검사님 모신다고 저 양반 보고 널따란 홀로 나가서 드시라켔어예. 쫌 기분 나빴을라나 호호. 마아 신경쓰지 마이소."

"용철아, 여기는 시골이라서 바닥이 좁아. 누가 누군지 다 알아."

"그런데 너는 왜 저 남자를 모르냐?"

"나는 몰라도 저 사람이 사고 친 적이 있으면 나를 알 수도 있지."

용철이와 친구는 그 집에 하나밖에 없는 방에서 오징어를 안주삼아 우선 맥주를 한 잔씩 했다. 여주인은 용철이와 친구를 위해 라면도 끓여 왔다.

"식사시간인데 배고플까봐서 라면 끓여 왔어예. 대파 숭숭 썰어 넣고 계란도 두 개 넣었어예."

"용철아, 우리 자리 옮기자. 얼마 전 서울지검에서 선배가 내려왔는데 같이 한잔할까?"

"좋지."

가게를 나서는데 아까 그 중년의 사내가 홀에서 혼자 앉아있었다. 그의 눈이 용철이와 친구의 동선을 따라 움직였다. 마치 스캔을 당하듯 기분이 썩 좋지 않았다.

"저 양반은 사람을 빤히 쳐다보네요?"

용철이가 문 밖까지 배웅 나온 여주인에게 물었다.

"제가 검사님께 방도 드리고 라면도 끓여 드리고 하니 샘이 나서 그러지예. 호호호. 살펴가이소 검사님예."

여주인의 말을 듣고 용철이는 잘난 친구 덕에 특별대우도 받고 스캔도 당했다는 생각이 들었다.

택시를 잡아타고 10분쯤 갔다. 시골임에도 제법 큰 건물이 있었다. 지하 1층에 시골치고는 세련된 주점이 있었다.

"용철아, 이 건물 위층은 모두 오피스텔이야. 내가 술 생각날 때 이 집에 가끔 들러서 아까 얘기했던 선배와 한잔 마시곤 해. 선배가 위의 오피스텔에 혼자 살고 있거든."

주점 벽에 커다란 TV가 붙어 있는데 화면에서는 마이클 잭슨이 춤을 추고 있었다. 주점 여주인이 친구를 반갑게 맞았다. 제법 큰 방으로 들어갔다. 커다란 상에는 맥주잔과 양주잔들이 가지런히 놓여있었다.

"사장님, 내 불알친구인데 서울에서 왔어. 오늘 좋은 것 좀 많이 갖다줘요."

"검사님예 여부가 있겠심꺼. 몽땅 내올라예 호호호."

그때 선배 검사가 방문을 열고 들어왔다. 용철이는 자리에서 일어나 예의를 갖춰 정중하게 인사를 했다.

"처음 뵙겠습니다. 김용철이라고 합니다."

"예."

어째 대답이 영 짧았다. 친구도 느꼈는지 용철이 눈치를 보며 선배에게는 오래된 친구라는 것을 강조했다.

"불알친구예요."

"네가 얘기했잖아."

그의 태도가 무뚝뚝한 것이 느낌이 썩 좋지 않았다. 하지만 용철은 그간 가지각색의 사람들을 대하며 다져진 내공으로 전혀 불쾌하지 않은 척 안색을 유지했다.

선배 검사는 친구로부터 용철에 대해 이미 얘기를 들은 것 같았다.

"이 친구 지금 대통령선거 때문에 내려왔다가 저 본다고 여기까지 온 거예요."

선배 검사는 용철이를 빤히 쳐다보면서 한마디 던졌다.

"박대풍 후보 선거운동 한다고 들었는데?"

"네. 형님. 박대풍 후보를 돕고 있습니다."

친구는 맥주에 양주를 부어 폭탄주를 제조해 한 잔씩 돌리면서 직접 건배사를 했다.

"한잔하시죠. 박대풍 후보의 당선을 위하여. 여당 하시라고 위하'여'라고 한 거여. 야당하고 싶으면 위하'야' 그러면 야당 되는 거다 히히히."

친구의 유머로 분위기가 화기애애지려는 찰나에 검사선배가 용철이에게 고향을 물었다.

"혹시 고향이 남도 쪽?"

"아니요. 서울인데요. 왜 그러시죠?"

"아 내가 남도 쪽에서 근무를 좀 했는데, 그쪽에서는 처음 봐도 바로 형님이라고 하길래."

부부싸움하고 나온 사람처럼 사사건건 시비조였다. 용철이는 선배검사에게 술을 계속 권했다. 빨리 취하게 만들어 숙소로 보내 버리려는 의도였다.

선배검사가 취하자 이상한 말을 반복했다.

"겐지를 어떻게 보고 말이야. 겐지가 체면이 있지."

용철이가 친구에게 말했다.

"형님이 취하신 것 같은데 네가 댁까지 모셔다 드리고 오는 게 어떨까?"

친구는 선배를 데려다주고 와서 멋쩍은 듯 말했다.

"저 형이 박대풍 엄청 싫어하거든."

"근데 왜 불렀어? 그리고 겐지 겐지 하던데 겐지는 또 뭐냐?"

"우리끼리 검사를 겐지라고 해."

"전에 드라마에서 일본사람들이 순사를 순지라고 하더라. 그럼 검사는 겐지겠네."

용철이도 취기가 올랐다. 본래 주량이 약한 친구는 이미 취했다.

"겐지야 정신차려!"

용철이가 테이블을 양쪽 발로 세게 밀었다. 테이블 모서리에 친구 급소가 강타당했다.

"으악!"

신음소리와 함께 친구가 배를 움켜쥐었다. 잠시 후 통증이 가신 친구가 말했다.

"용철아 너도 나한테 한 대만 맞자."

"때릴 테면 때려라 겐지 놈아!"

둘 다 취해서 유치한 호승심만 돋아나와 옥신각신했다. 몇 차례 헛주먹과 헛발질이 나간 후 둘은 대로변 인도로 나왔다.

"용철아, 입 꽉 깨물어. 안 그러면 이빨 부러진다~"

친구는 주체도 못 하는 몸을 겨우 지탱하면서 비틀비틀 걸어와 용철이의 얼굴을 주먹으로 갈겼다. 바로 그때 저쪽에서 젊은 두 사람이 호루라기를 불며 뛰어왔다. 그리고 뒤에서 두 팔로 친구를 포박했다. 나머지 한 사람은 용철에게 다가와 괜찮냐고 물어보며 친구에게 큰소리를 쳤다.

"이 양반아, 한밤중에 대로에서 사람을 치면 어떻게 해? 당신은 특수폭행죄야."

그리고 손전등을 친구의 얼굴에 비추었다.

친구의 얼굴을 확인한 남자가 안색이 바뀌며 말했다.

"검사님 아니십니꺼. 검사님 무슨 일이심니꺼?"

친구는 꼬인 혀를 애써 풀며 말했다.

"서울에서 놀러 온 친구하고 장난 좀 치고 있었습니다 헤헤."

두 남자는 고개를 갸웃거리며 그 자리를 떠났다. 걸어가면서도 자꾸 뒤를 돌아보았다.

용철이가 친구에게 물었다.

"저 사람들은 누구야?"

"범방."

"범방이 뭐야."

"동네 범죄예방위원. 민간 방범대원 같은 거야."

이어 친구는 술 냄새를 풀풀 풍기면서 말했다.

"용철아 잘됐다. 히히."

실없는 새끼. 용철은 속으로 그렇게 생각하고 그의 등을 두드려 주며 말했다.

"속은 괜찮냐? 오바이트 하고 싶어?"

"짜샤, 내 주량을 뭘로 보고… 친절한 체하지 마라."

동공이 풀린 친구의 얼굴을 바라보며 용철은 제 꼴도 저와 크게 다르지 않을 거라고 생각했다. 두 주정뱅이가 비틀거리며 발걸음을 옮긴다. 하늘을 올려다보니 달빛은 곱기도 고왔다. 이 순간 둘은 달의 입장에서 보면 그냥 평범한 고깃덩어리일 뿐이다. 사회적 직책도 뭣도 아닌… 날것 그대로의 인간,

물 밖으로 튀어나와 헐떡대는 물고기가 된 기분이었다. 용철과 친구는 서로를 의지하며 발걸음을 떼었다.

공짜는 없다

대통령 선거에 열이 오르고 드디어 투표날이 되었다. 대선캠프에는 긴장된 열기가 감돌았다. 어떤 이는 양손을 모으고 중얼거리며 기도를 하고 있었고 어떤 이는 신경질적으로 펜대를 탁탁거렸다. 심호흡을 하며 정신을 가다듬는 이도 있었다. '탁, 탁, 탁…' 용철은 펜이 책상에 부딪히는 소리에 점점 신경이 날카로워졌다. 제발 좀 그 망할 놈의 펜 좀 버리라고 말하고 싶었지만 안 그래도 팽팽한 긴장감이 감도는 사무실 안에서 소란을 피웠다간 좋을 게 없을 것 같아 꾹 참았다. 개표 시간이 다가왔다. 텔레비전 화면 안에서 대통령 후보들의 사진을 박은 3D 캐릭터들이 활짝 웃으며 달리고 있었다. 으쌰으쌰 힘차게도 달렸다. 숫자가 올라가고 있었다. 다들 아무 말도 없이 뚫어져라 화면만 바라보고 있었다.

드디어 집계가 끝났다… 박대풍의 승리였다.

"박대풍! 박대풍 후보가 당선되었습니다! 대한민국 제 00대 대통령, 박대풍입니다!"

"와아아아아!"

아나운서의 말이 끝나기도 전에 사무실 안은 미친 듯한 외침으로 가득 찼다. 다들 서로 얼싸안고 눈물을 흘렸다. 펜은 날아가 버린 지 오래였다. 열광의 도가니였다. 용철도 모르는 사람과 끌어안고 고함을 내지르고 있었다. 눈물겹던 사투가 끝났다! 이제 앞으로는 탄탄대로만 남아 있었다. 처음 정치판에 발을 들인 이후로 이만큼 행복했던 적이 없었다. 머리끝까지 엔도르핀이 치솟아 올랐다.

그날의 밤은 영원히 잊지 못할 기억으로 용철에게 남았다.

대통령 선거에서 승리한 기쁨을 누릴 새도 없이 용철이는 하루에 저녁을 세 번씩 먹어야 했다. 용철이가 대통령이 된 것도 아닌데 만나자는 사람들이 쇄도했다. 연락이 끊어졌던 초등학교, 중학교, 고등학교 친구들에 더해 얼굴도 모르는 대학 선후배들까지 어떻게 용철이의 전화번호를 알았는지 밤낮을 가리지 않고 전화가 걸려왔다. 심지어 전화번호가 저장되어 있지 않은 모르는 사람들로부터도 연락이 왔다. 핸드폰 배터리를 하루에 세 번 이상 충전

해야 할 지경에 이르자 용철이는 아예 대용량 보조 배터리를 구입
했다.

대선승리를 자축하는 당 주최의 연찬회가 서울 인근 리조트에
서 1박2일로 열렸다. 선거운동을 함께했던 사람들로 북적였다.
국회의원, 중앙당 당직자, 보좌관 그리고 대통령을 만들기 위해
지금까지 고락을 함께해 온 당선자의 사람들이 모두 모였다. 실제
로 힘이 있는 사람들은 측근이라 불리는 자들이었다. 연찬회에 모
인 사람들은 당선자 측근들의 눈에 들기 위해 애썼다. 더욱이 청
와대에서 일하고 싶어 하는 사람들은 그들에게 잘 보여야 이름이
라도 한 줄 올릴 수 있었다.

연찬회 첫날 오후에 박대풍 당선자가 리조트에 도착했다. 청와
대 경호직원들의 삼엄한 경호 속에 당선자는 보무도 당당히 차에
서 내렸다. 사람들은 손바닥이 터져라 박수를 쳤다. 눈물까지 흘
렸더라면 위쪽나라 지도자에게 열광하는 인민들로 착각할 지경이
었다. 모두들 강당으로 몰려가 당선자의 연설을 들었다. 당선자는
"대한민국의 안녕과 태평성대를 위해 최선을 다하겠다"는 취지의
말을 했다.

참석자들은 그룹으로 나뉘어 당선자와 함께 기념사진을 찍었다.
리조트에 놀러왔던 사람들은 당선자를 보자 깜짝 놀라는 표정을

지었고 바로 핸드폰을 꺼내어 사진을 찍어댔다. 어떤 이들은 누군 가와 전화 통화를 하며 손가락으로는 당선자를 가리켰다. 연찬회 참석자들과의 기념촬영이 끝나자 당선자는 곧바로 리조트를 떴다. 사람들은 당선자 차량행렬의 꼬리가 사라질 때까지 자리를 떠나 지 않았다.

저녁식사를 마치고 리조트 대강당에서 여흥시간이 벌어졌다. 인기 개그맨이 사회를 보았다. 노래만 불러도 상품으로 디지털카 메라를 주었다. 용철이는 박수를 크게 쳤다고 구두티켓을 받았다. 사회자와 눈만 마주쳐도 선물을 주었다.

철용이 형이 용철이를 불렀다.
"너 BH 가고 싶냐?"
"거기가 가고 싶다고 말하면 갈 수 있는 곳인가요?"
"너, 덕칠이 알지? 당선자 최측근 박덕칠. 내가 이따가 덕칠이 하고 읍내에서 따로 술 한잔하기로 했으니 너도 같이 가자. 용철 이 너를 특별히 생각해서 부르는 거야."
용철이는 숙소로 들어가 양치질만 하고 리조트 정문에서 철용 이 형이 미리 불러 놓은 택시를 타고 읍내로 향했다.
"덕칠이가 말이다, 대통령직인수위원회 명단을 짜고 있다더라. 우선 인수위에 들어가야 BH로 직행하는 거잖아. 나는 이번에 반드 시 BH에 갈 거야. 덕칠이하고 자리 만들기 위해 아주 개고생했다.

용철이 너는 날로 먹는 거야 임마. 형 은혜 평생 잊으면 안 돼."

"그렇다면 당연히 보은해야지요."

"기사님 우회전해서 세워주세요."

크리스마스트리에나 장식하는 반짝이 전구를 입구에 주렁주렁 달아놓아 보기에도 시골스러운 주점의 문을 열고 들어갔더니 주인으로 보이는 여성이 맨 안쪽에 있는 방으로 안내했다. 세 사람의 자리가 준비되어 있었다.

"언제 예약까지 했어요?"

"일찍 와서 읍내 한 바퀴 돌았지. 낮에는 문을 닫았더라고. 간판에 붙어있는 전화번호를 눌렀더니 핸드폰으로 넘어가더라고. 오늘밤에 세 명 간다고 했지. 사람 눈에 띄지 않는 구석진 자리로 해달라고 말했어."

자리에 앉아 있는데 차기 정권의 실세로 떠오른 박덕칠이 가게 안으로 들어왔다. 철용이 형은 자리에서 벌떡 일어나더니 깍듯하게 인사를 했다. 용철이도 일어나 인사를 했다. 박덕칠은 당황해하며 손사래를 쳤다.

"아니 선배님 왜 이러세요. 불편하게."

"아닙니다. 이제부터는 제가 잘 모시겠습니다. 정권의 성공을 위해 충성하겠습니다. 이 친구는 제가 아끼는 동생입니다. 소개해드리려고 데리고 나왔습니다. 신임인사위원장님 보좌관입니다."

박덕칠이 잠시 용철이를 쳐다보다가 이내 환하게 웃으며 말했다.

"제가 의원님 아주 존경합니다."

용철이는 다시 한번 고개를 숙였다.

"보좌관님이 모시는 의원님께서 이번에 인사위원장으로 내정되신 것 아시죠?"

"아니요. 처음 듣는 얘긴데요."

"모를 수도 있겠네요. 오늘 아침에 결정된 일이니까요. 의원님께서 새 정권의 인사 세팅을 하시게 될 거예요. 막중한 임무를 맡으셨습니다. 철용 선배님께는 점심에 말씀드렸고."

철용이 형은 용철이가 모시고 있는 의원님이 초대 인사위원장으로 내정되었다는 사실을 이미 알고 있었다. 개고생해서 만들었다는 자리에 용철이를 날로 불러준 그의 깊은 뜻을 알 수 있었다. 세상일에는 공짜가 없다더니 그 말이 맞았다. 용철은 속으로 피식 웃었다.

'그러면 그렇지. 내가 굴러온 짬밥이 얼마인데… 뭐 나쁠 것 있나. 다 기브앤테이크인 거지.' 용철은 여유롭게 미소 지으며 술잔을 기울였다.

거시기

용철이가 가까운 보좌관들과 함께 국회연수원으로 소풍을 갔다. 강화도에서 북쪽 방향으로 틀어 민간인통제선을 들러 군인들에게 주민등록증을 맡기고 더 북으로 올라갔더니 말로만 듣던 국회연수원이 보였다. 용철이는 이곳을 뉴스에서 본 기억이 났다. 호화롭게 지어 세금을 낭비했다는 내용인 것 같았다. 그런데 실제로 보니 호화롭다기보다 엉클 톰스 캐빈, 우리말로 톰 아저씨의 오두막에 나오는 소담스러운 통나무집 수준이었다. 뉴스거리가 없을 때 방송에서 가끔 한 번씩 조져주는 정도인 것 같았다.

통나무집에 짐을 풀었다. 봉팔이라는 형은 낚시에 일가견이 있었다. 그가 말했다.

"근처에 저수지가 있는데 민간인통제선 안에 있어서 씨알 굵은 물고기가 많아."

봉팔이 형은 승용차에 늘 낚싯대를 싣고 다녔다. 그는 운전을 하다가 물고기가 있을 법한 곳이 보이면 그곳이 농수로이던 저수지이던 무조건 차를 세우고 낚싯대를 드리운 채 잠시라도 앉았다 가야 직성이 풀린다는 낚시 애호가였다. 잡은 물고기는 모두 도로 놓아 주었다. 자신이야말로 세월을 낚는 현대판 강태공이라고 스스로를 불렀다. 그의 차 트렁크에는 소풍 간 일행의 머릿수 이상의 낚싯대가 실려 있었다.

용철이는 태어나서 처음으로 낚시를 했다. 봉팔이 형이 낚시하는 요령을 알려주었다. 용철이를 제외하고 모두들 낚시에 조예가 깊은 것처럼 떠들어댔다.

"내가 성이 강이잖아 호가 태공이야."

"바다낚시만 해봐서 민물낚시가 될지 모르겠네. 민물에서도 손맛이 느껴지나?"

"쓸데없는 소리들 그만하고 결과로 보여줘."

각자 선택한 포인트를 찾아 자리를 잡았다. 용철이는 주위를 두리번거리다 멀찌감치 따로 자리를 잡아 낚싯대를 던졌다.

용철이의 찌가 불쑥 솟아올랐다. 낚싯대를 들고 있는 오른 손목에 힘을 주어 두 시 방향으로 그대로 꺾어 올렸다.

"잡았다!"

낚시 초보 용철이가 개시를 했다. 고수들이 한마디씩 던졌다.

"초보가 개시하는 거야."

"물고기가 용철이 낚시 처음 하는 줄 아나 보다."

잠시 후 용철이가 또다시 함성을 질렀다.
"또 잡았다!"
이번에는 씨알이 아주 굵은 참붕어를 건졌다.
누군가 한마디 했다.
"낚시할 때는 소리 지르면 안 돼. 물고기가 놀래 도망가."

한 시간쯤 흘렀다. 용철이는 물고기를 열 마리도 넘게 잡았다.
나머지 일행은 찌만 쳐다보고 있었다. 봉팔이 형이 말했다.
"용철이가 포인트를 제대로 잡았네."
"형, 저랑 포인트 바꾸실래요?"
"아니야 됐어. 바꿨다가 못 낚으면 무슨 개망신이냐 히히히."

일행 가운데 요리를 좋아하는 보좌관이 있었다.
"마른 시래기를 가져왔는데. 용철이가 잡은 것만으로는 부족할
것 같은데?"
봉팔이 형이 용철이에게 말했다.
"저 건너편 낚시하는 사람들에게 물고기 좀 팔라고 해 봐."
형이 용철이에게 만 원짜리 한 장을 쥐어주었다.
"물고기 좀 파실래요?"
그들은 만 원을 받고 물고기를 팔았다. 돈을 쥐어준 봉팔이 형

이 웃으면서 말했다.

"나는 잡은 물고기 다 방생하는데 돈 받고 파는 것 보니 저 사람들은 프로는 아니다."

"형이 사 오라고 시켰잖아요?"

"나 같으면 그냥 준다는 얘기지. 돈 받지 않고 흐흐흐."

통나무집으로 돌아왔다. 시래기를 넣은 붕어찜이 완성됐다. 완성된 음식을 나눠 들고 통나무집 밖으로 나왔다. 밤공기가 찼지만 쏟아지는 별 아래에서 붕어찜을 안주로 술판이 벌어졌다.

자정이 지나고 새벽이 되었다. 모두가 거나하게 취했다. 봉팔이형이 취기가 오르자 얼마 전 졸혼했다는 고백을 했다. 그는 이혼이라는 말 대신 졸혼이라는 표현을 썼다.

"내 평생 가장 잘한 일과 잘못한 일을 얘기하라고 하면 잘못한 일은 전처와 결혼한 것이고, 가장 잘한 일은 전처와 혼인을 졸업한 일이지."

그의 고백에 분위기가 가라앉았다. 사람들은 그의 졸혼 과정을 말없이 들었다.

한 사람이 말했다.

"회자정리라는 말처럼 사람은 만나면 언젠가는 헤어지는 거야."

또 한 사람이 말했다.

"거자필반이라는 말도 있잖아. 떠나간 사람은 반드시 돌아오기 마련이라고."

봉팔이 형이 갑자기 일어섰다. 그리고 나지막하게 읊조렸다.

"전쟁에 나갈 때는 한 번 기도하라. 바다에 나갈 때는 두 번 기도하라. 그리고 결혼할 때는 세 번 기도하라. 목숨이 오가는 전쟁터보다도 모든 것을 삼키는 바다의 풍랑보다도 남녀의 결혼생활은 이렇게 위험하고 힘들다는 얘기란다 하하하. 용철이가 건배사한번 해라."

용철이가 자리에서 일어났다. 그리고 우렁차게 외쳤다.

"이 잔을 마셔 불면 우리는 거시기여!"

거시기들은 새벽동이 틀 때까지 답도 모르는 인생들의 이야기를 떠들어댔다.

남자가 과묵하다고 누가 말했는가. 한번 입을 열자 미주알고주알 끝도 없는 얘기들이 줄줄이 터져 나왔다. 주식 얘기, 가정 얘기, 일 얘기, 애인 얘기도… 그들은 내일이 없을 것처럼 마시고 당장 죽을 것처럼 고해성사를 했다. 서로가 서로의 신부(神父)가 되어 죄인의 고백을 받아주었다. 때로 삿대질을 하며 비난하다가도 고개를 주억거리며 잔을 맞부딪쳤다. 영원할 것만 같은 밤이었다. 넓디넓은 우주의 한 점에 모인 그들은 둥지 속 새들처럼 끝없이 재잘대었다. 그 점이 서서히, 멀리 사라져 갈 때까지….

검사청탁

검사 친구가 용철이에게 전화를 했다.

"우리 방 계장에게 네 얘기를 했더니 부탁을 하나 하네. 자기 동생이 대박발전소에 다니는데 근무지 좀 옮겨 줄 수 있냐고."

"제정신이야? 지금이 어떤 세상인데."

"시골에 방 얻어 혼자 지낸 지 몇 년째인데 더 이상 그렇게는 못 살겠다는데. 가족하고 떨어져 사는 게 너무 힘들대나마. 순환근무라서 이제 옮길 때도 됐고. 그런데 원하는 곳이 경쟁이 치열하대."

용철이는 대박발전소를 담당하고 있는 국회상임위원장 보좌관을 찾아가 사정 얘기를 했다.

"알아볼게."

의외로 대답이 심플했다.

며칠이 지나 검사친구로부터 전화가 왔다.

"계장 동생이 원하는 곳으로 갔단다. 계장이 밥 한 번 산다고 하는데 내가 괜찮다고 했다."

용철이가 시민일보 기자인 길수 형과 저녁식사를 하고 있었다. 길수 형은 세 곳의 대학을 다녔다. 두 곳에서는 데모하다가 제적을 당했다. 세 번째 학교에서 졸업장을 받았다. 또 잘릴까봐 조용히 지냈다고 했다. 길수 형은 술을 좋아했다. 서른이 넘도록 결혼도 안 하고 매일 술만 마셨다. 그 날도 기사를 마감하고 용철이와 이른 술을 시작했다. 형이 말했다.

"우리 집안 얘기 좀 할까?"

"남의 집안 얘기를 왜 들어야 하지. 히히히. 해 보세요."

"남동생이 결혼을 세 번 해서 애가 셋인데 부모가 같은 애가 하나도 없어."

"거기는 뭐든지 세 번이네."

"첫 번째 아내 사이에서 낳은 아이, 둘째 아내가 데리고 온 아이, 그리고 셋째 아내 사이에서 낳은 아이."

길수 형을 알고 지낸지 십 년이 넘었지만 형은 동생 얘기를 처음으로 했다.

"갑자기 그 얘기는 왜 하는데?"

"답답해서."

"뭐가?"

"동생이 부산에서 학원 선생을 하고 있어. 학교 다닐 때 학생운동을 하다가 감옥에 다녀왔지. 원래 4년 형을 받을 건데 법정에서 판사에게 슬리퍼 던졌다가 2년 더 받아 6년 살았어. 그때 옥바라지를 해 준 여자가 첫 번째 아내야."

"옥바라지까지 하면서 고생했을 텐데 잘 모시고 살았어야지."

"그러게 말이다. 둘이 싸움이 잦아지더니 이혼하더라고. 학원에서 다른 여자를 만났는데 그 여자는 데리고 온 아이를 다시 데리고 나갔어."

"아이고."

"세 번째 여자하고 또 헤어지려나 봐. 큰아들인 나는 아직 장가도 못 가고 이러고 있는데, 동생은 장가를 세 번이나 간 거지. 동생이 수배당했을 때 우리 아버지가 새벽마다 남의 눈을 피해 전봇대에 붙어있는 동생 수배 전단 떼고 다녔다고 하더라."

"형도 두 번 잘렸잖아."

"나도 부모님 속 엄청 썩였지. 동생에 비하면 그래도 난 양반이야. 형사들이 동생 잡으려고 부모님 댁에도 찾아오고 잠복도 하고 그랬어. 한 번은 검사가 직접 대문 열고 들어왔다가 집에서 키우던 검둥이라는 개에게 엉덩이를 물렸는데 검둥이를 발로 걷어차서 검둥이가 한쪽 눈을 실명을 했어."

"민주화 유공견이네."

"가족같이 생각하는 검둥이 눈을 그렇게 만들어서 나나 우리 식구들은 검사를 싫어해."

"동생 얘기하다 말고."

"요즘 또 이혼한다고 해서 집안 분위기도 말이 아니고 장남인 나도 부모님 뵐 면목도 없고 그래서 많이 우울해."

용철은 이 나잇대 남자들은 하나같이 이렇게 궁상맞은 걸까 생각했다. 자신과 소유도 이런 길을 걷게 될까. 처음의 뜨겁던 사랑은 식을 것이고 결국 평범한 가족처럼 의리로 사는 사이가 될까. 정치판에서 일하면서도 집안 정치는 생각해 본 적이 없었다. 좀 더 신경을 써야 하는데… 갑자기 삼식이 생각이 났다. 남자가 '삼식이'가 되면 그보다 슬픈 일이 없다고. 지금이야 이렇게 사회에서 활동하고 있으니 남자 행색을 내지만 이 짓도 그만두면 자신도 궁상맞은 삼식이로 집에 머물게 되려나. 결국 남자가 돌아갈 곳은 가정이라는 말도 떠올랐다. 다들 사회에서 한 가닥 한다는 이들이 이런 고민을 가지고 있다고 생각하면 착잡해졌다.

길수 형의 하소연을 듣고 있을 때 용철이의 핸드폰이 울렸다. 검사친구였다. 친구는 술에 취해 혀가 꼬인 소리로 말했다.

"너 지금 이리 올 수 있냐?"

"지금 아는 형하고 같이 있어."

"당산동에 있는 술집인데 같이 와. 우리 계장이 술 한 잔 산다는데."

"이미 마신 것 같은데. 다음에 보자."

"이제 시작이야. 계장이 너에게 빚은 갚아야지."

용철이는 길수 형에게 함께 가겠냐고 물었다. 형은 검사를 별로 좋아하지는 않지만 용철이의 친구라니 한번 만나보고 싶다고 했다.

넓은 방에 친구와 계장 그리고 나이가 좀 어려 보이는 사내까지 세 명이 앉아 있었다. 테이블에 놓인 술병으로 볼 때 이미 꽤 마신 것 같았다.

"보좌관님. 제 동생을 챙겨주셔서 고맙습니다."

"별 말씀을."

친구가 어려 보이는 사내를 소개했다.

"여기는 같은 검찰청 검사 동생."

후배는 눈을 껌벅거리면서 용철이를 쳐다봤다. 용철이가 먼저 인사를 했다.

"안녕하세요."

후배는 많이 취했는지 대답도 하지 못했다.

용철이가 길수 형을 소개했다.

"이분은 시민일보 박길수 기자. 한참 형이야."

"용철이 불알친구예요 딸꾹. 아이고 초면에 죄송합니다 딸꾹."

"저는 최 계장입니다 딸꾹. 아이고 죄송합니다 딸꾹."

검사 동생은 아예 자고 있었다.

용철이가 친구에게 말했다.

"왜 오라고 한 거야? 모두 드실 만큼 드셨구만."

친구는 졸고 있었다.

길수 형이 용철이에게 다가와 귀엣말로 속삭였다.

"그냥 가자."

길수 형과 용철이가 자리에서 일어났다. 나머지 셋은 나란히 코를 골았다.

다음 날 이른 아침 목소리가 맛이 간 친구로부터 전화가 왔다.

"용철아, 우리 계장이 산 거다."

용철은 옆에 누워있던 소유를 끌어안으며 말했다.

"소유야, 넌 절대 날 떠나면 안 돼."

"오빠 아직도 취했어? 징그럽게 아침부터 왜 그래."

소유는 그렇게 말하면서도 싫지 않은 듯 그의 손을 뿌리치지 않았다.

돌고 도는 세상

용철은 스스로에게 '세월은 활의 시위를 떠난 화살과 같이 빠르다'고 말했다. 대통령선거가 엊그제 같은데 또다시 5년의 세월의 지나갔다. 수많은 일들이 있었다. 용철은 모든 것이 너무 빠르게 지나간다고 느꼈다. 특히 쉼 없이 돌아가는 정치판은 정말이지 하나의 TV쇼 같았다. 정의로움과 암투가 한데 뭉쳐 가지각색 결과를 만들어 낸다. 그 기기묘묘한 꼴은 거대한 우주의 압축판 같았으며 때로는 좁디좁은 우물 안 흙탕물 같기도 했다. 하여튼 시간은 흐른다. 거부할 수 없는 진리 하나. 모든 것은 바뀌기 마련이었다. 그리고 또 하나의 진리. 해 아래에는 새 것이 없었다.

용철이가 여의도 공원을 걷고 있었다. 점심시간이면 근처의 많은 직장인들이 운동 삼아 공원을 걸었다. 평소 존경해 마지않는 조용해 선배가 저쪽 편에서 걸어오고 있었다.

"조 선배 아니십니까!"

"이게 얼마만이야. 커피 한잔할까?"

둘은 테이크아웃커피를 들고 공원벤치에 앉았다.

"조 선배. 김 차기후보 캠프에 계시다는 얘기 들었습니다. 누가 뭐래도 이번에는 김 후보가 BH 주인이 되실 것 같아요."

"뚜껑을 열어봐야 알지."

"엄살 피우지 마세요."

"그나저나 용철이는 지금도 의원회관에 있지?"

"네."

"종로에 대선 캠프 사무실을 마련하려고 해."

"그렇군요."

"그런데 일할 사람이 없어."

"무슨 말씀이세요. 캠프에 참여하고 싶어 하는 사람들이 줄을 섰다는 신문기사를 봤는데요?"

"그럼 뭐해. 그야말로 줄 설 궁리만 하는 사람들뿐인데."

"조 선배께서 실무 책임을 맡고 계시다는 얘기는 들었습니다."

"그래서 얘긴데 용철이가 좀 도와줄 수 있을까?"

"아시다시피 제가 모시는 의원님이 이 정권 분이시고 저는 그분을 모시고 있는 사람인데 상대 당의 후보 캠프에 가서 일한다면 사람들이 뭐라고 하겠습니까?"

"그래서 지금까지 연락을 못 했던 거야. 오늘 우연히 만나게 되서 혹시나 하고 물어본 건데 역시나군."

"죄송합니다."

"무슨 소리. 용철이 말이 맞아. 정치는 의리와 명분이야. 그래 또 보자고."

김차기 후보가 대통령에 당선된 것은 얼마 지나지 않아서였다. 정권의 실세라며 조 선배의 얼굴이 신문과 방송에 도배가 되었고 다음 해 총선에서 국회의원에 당선되었다. 용철이가 모시는 의원님은 낙선을 했다.

의원님은 술상에서 용철이가 따라주는 잔을 받으며 묵묵히 비워냈다. 용철은 문득 그가 처음 보았을 때보다 훨씬 나이 들어 보인다는 사실을 깨달았다.

"용철 군, 자네가 나를 보좌한 지도 꽤 되었지."

"예. 그렇지요."

"그간 볼 꼴 못 볼 꼴 다 봐왔지만 아직도 세상일은 생경하게만 느껴지는군. 자네도 그런가?"

"정치판이 다 그런 것 아니겠습니까."

"허허, 이제 자네가 나를 가르치는군. 그래. 그렇지… 다 그런 게야…."

용철은 어쩐지 눈물이 나올 것 같아 꾹 참고 술잔을 비우는 척

했다.

　얼마 뒤 용철이와 조 선배가 여의도 노상에서 또다시 우연히 만났다.
　"용철아. 이게 얼마 만이냐. 커피 한잔하자."
　"조 선배 잘나가는 모습 보니 저도 기분 좋습니다."
　"요즘 뭐하냐?"
　"그저 그렇게 지냅니다."
　"세상은 돌고 돈다. 용기 잃지 마라. 상의할 일 있으면 언제든지 연락하고."

　세월이 흘러 정권이 끝났다. 검찰에서 김차기를 뒤지기 시작했다. 조 선배는 공천을 받지 못했다. 세상은 돌고 돌았다.

눈먼 돈 눈 달린 돈

국회의원 선거에서 낙선한 선배가 식당을 개업했다. 여의도 선후배들이 우르르 몰려갔다. 정치판에서 여론조사 전문가로 유명한 병일이 형이 패인 분석을 해주겠다면서 물었다.

"식당 차리는 데 얼마 들었나?"

"나는 몰라. 아내가 알아서 다했어. 난 경제권이 없다."

"장가 잘 갔네. 그럼 선거 때도 아내가 돈 좀 줬나?"

그 자리에 모인 사람들이 한바탕 웃었다.

"줬지. 그런데 그 돈이 어디로 갔는지 도무지 표하고 연결이 안 되더라고."

"선거 때 쓰는 돈은 눈먼 돈이어서 그래. 표가 있는 길로 돈이 가야 하는데, 돈이 눈이 멀어서 표도 없는 김 서방 박 서방 주머니로 막 흘러들어 가는 거야. 결국 헛돈 쓴 게지."

또다시 좌중에 웃음이 터졌다. 총선의 패인분석을 눈먼 돈에 비유했다.

선배들은 과거 성북동계와 사당동계가 야당을 주름잡던 시절 양 계파의 막내쯤 되는 군번이었다. 이제는 여야로 흩어져 각자도생하고 있었다. 제대로 돈질을 못 해 선거에서 패한 것이라는 진단을 내렸던 병일이 형이 계속해 말을 이어갔다.

"말이 나왔으니 말인데, 사당동계가 정권 잡고 내 얼마나 비참했는지 아나?"

선배는 성북동계의 막내였는데 누구도 알지 못하는 비사(祕史)를 말하겠다면서 얘기를 쏟아냈다.

"너희들 영준이 알지? 그놈아가 BH에 실세 비서관으로 들어갔을 때 일이야. 나는 보스가 낙선해 백수로 지내고 있는데 그 친구로부터 연락이 왔어. 시내로 나오라고. 한정식 집에서 근사하게 밥을 사더라고. 그리고는 나를 택시에 태워 강남으로 줄행랑을 쳤지."

"비사가 왜 이리 지루하노?"

"이제부터야 들어 봐. 술집으로 들어갔더니 어린 가시나들이 시중을 드는데 나는 당시에 생활고가 심해 그렇게 술 마시고 노는 것이 하나도 재미가 없었거든. 영준이가 비싼 술을 시키는데 내 돈도 아닌데 아깝더라고. 그리고 영준이 그놈아 장지갑에 십만 원짜리 수표가 한 다발 있는 거야. 수표를 몇 장씩 가시나들에게 팁으로 주더라고."

경청하던 후배가 한마디 했다.

"그 형님 완전 개털이었는데 어디서 돈이 난거야?"

"내 말이 그 말이다. 올챙이 적 시절 생각해야지. 나는 영준이가 수표로 가시나들에게 팁 뿌릴 때 이런 생각을 했어. 술 안 사줘도 좋으니 가시나들 팁 줄 돈 나 좀 줬으면 좋겠다. 마누라에게 생활비로 갖다 주게. 백수 되고 일 년 가까이 돈 구경도 못 하던 시절이었잖아."

다른 선배가 거들었다.

"집에 가는 택시비는 주던가?"

"그놈아 새벽까지 처먹고는 완전 꽐라가 돼서 웨이터들에게 업혀 나갔어. 택시비 줄 정신도 없었어."

선배의 뒷담화가 끝나자 한 마디씩 터져 나왔다.

"그래도 높은 자리 가서 옛 친구 잊지 않고 연락해서 밥 사주고 술 사주고 했으면 고마운 줄 알아라~"

"맞는 말이다. 높은 자리에 가면 올챙이시절 잊어버리는 놈들이 대부분인데 그래도 그 친구는 택시비만 안 줬지 밥도 먹여주고 술도 사주고 고마운 거야."

병일이 형이 여론조사 사업으로 돈 좀 벌었다면서 그날 밥값 술값을 모두 냈다. 그리고 카드전표를 흔들면서 말했다.

"선거철에 쓰는 돈은 어디로 새는지 쓰는 놈도 몰라. 국회의원 하려면 나처럼 이렇게 평소에 써야 되는 거야. 선거 때 쓰는 돈은 눈이 멀었는데 평소에 쓰는 돈에는 눈이 달렸거든."

"맞다 맞아. 병일이 말이 백 번 맞다."

병일이 형 말에 모두가 동의했다.

병일이 형이 한마디 덧붙였다.

"나 다음 판 국회의원 선거에 나갈 거다. 많이들 도와줘라."

"당연하지."

"여부가 있나."

"암만."

눈 달린 돈의 힘이었다.

5장

공수래
공수거

호갱 입문

　용철이는 국회의원 선거에 도전하기로 결심했다. 사무실도 한 칸 마련했다. 사람들이 많이 다니는 곳은 보증금과 월세가 너무 비싸 중심지에서 조금 떨어진 곳으로 계약했다. 나중에 공천을 받아 본선에 진출하면 무리를 해서라도 사람들이 많이 다니는 중심가로 옮길 생각이었다. 현수막을 걸어놔도 더 많은 사람이 볼 수 있고, 무엇보다도 비싼 빌딩에 사무실을 열어야 없어 보이지 않기 때문이었다. 가난하다고 소문이 나면 사람들이 모이지 않는 곳이 선거판이었다.

　사무실에 에어컨도 달았고 책상도 갖다 놨다. 선거 때까지만 사용할 생각으로 중고로 샀다. 아파트 재활용품 수거함에서는 엔티크 문양의 소파를 주워와 사무실에 놓았는데 보는 사람마다 새것 같다고 말했다.

집에 있는 책을 박스에 담아 사무실로 옮겼다. 중고 책장을 네 개나 주문했다. 책장에 가득 꽂힌 책을 보며 박식한 후보로 봐주기를 기대했다. 대충 사무실의 간지가 나왔다. 이제부터 남은 1년 동안 표만 모으면 된다고 생각하니 8부 능선은 넘은 것 같았다.

친구들이 화분을 들고 사무실을 찾았다. 같은 반이었던 여자 친구는 떡을 해 왔다. 어떤 친구들은 매일같이 사무실에 들러 응원해 주었다. 이미 국회의원이 된 것 같은 착각에도 빠졌다. 용철이가 선거사무실을 열었다는 소문이 동네에 빠르게 퍼졌다.

"본격적인 견제가 시작됐어. 마음을 다잡아야겠어."

용철은 두근거리는 가슴을 억누를 수 없었다. 이제 자신이 직접 정치를 할 수 있다는 생각에 그간의 일들이 주마등처럼 번져갔다. '그래, 이럴 때도 되었지.'
처음 의원님의 손을 잡기를 청했을 때부터, 이날을 기다려왔던 것이 아닐까? 그 당시엔 몰랐지만 그런 것 같았다. 멀고 먼 길을 걸어 여기까지 왔다. 모든 것은 이 순간을 위해서였다. 갑자기 늘 관찰자의 입장에서 바라보던 세계에 진정으로 한 발짝 다가간 것 같다는 생각이 들었다. 생경한 느낌이었다. 익숙하기도 했고 울렁거리기도 했다. 인생 제2막이 펼쳐지고 있는 거라는 예감이 들었다.

예비후보 등록 전까지 지인을 중심으로 인사를 다녔다. 동네에서 글 좀 쓴다는 자칭 언론인들도 만났다. 시간이 지날수록 용철이의 얼굴을 알아보는 사람들이 늘었다. 행동거지에도 신경이 쓰이기 시작했다.

용철이는 사무실에 나가기 위해 아침 일찍 집에서 나왔다. 아파트 주차장에 세워 놓은 용철이의 차량 앞 범퍼가 간밤에 누군가에 의해 처참하게 박살이 나 있었다. 다행히도 근처에 CCTV가 있어 관리사무소를 찾아가 화면을 돌려 보았다. 번호가 확인되는 한 차량이 새벽에 용철이 차량 바로 옆에 주차를 시키려다가 사고를 낸 것으로 보였다. 가해차량으로 의심되는 차가 후진을 하는 순간 용철이의 차량이 심하게 흔들렸고, 곧이어 운전자가 차량에서 내려 용철이 차를 둘러보는 모습이 고스란히 찍혀 있었다. 용철이는 관리사무소로부터 차량 운전자의 아파트 동과 호수를 확인했다.

"혹시 지난밤에 접촉사고를 내셨는지요?"
용철이는 잠재적 공인인지라 최대한 점잖게 물었다. 가해차량으로 특정된 남성은 아무 말 없이 용철이와 함께 CCTV 확인 차 관리사무소로 향했다. 녹화된 동영상을 확인한 차주의 표정이 갑자기 돌변했다. 그리고 한마디 툭 던졌다.
"차량이 부딪힌 장면은 없네요?"
"선생님 차량이 후진을 하면서 갑자기 멈췄고 순간 제 차량이 심하게 흔들리고 있고, 선생님은 차에서 왜 내리셨지요?"

"아…아… 그것은 주차할 공간이 되는지 확인 차 내린 겁니다."

관리사무소장과 경비원 아저씨들은 조금 전까지만 해도 가해차량이 틀림없다고 흥분했으나 막상 운전자 앞에서는 입을 다물고 있었다. 순간 용철이의 분노게이지가 정점을 향하고 있었지만 분노를 조절하지 못하면 선거고 뭐고 끝장이라는 생각에 그저 꾹 참았다.

"선생님께서 가해차량이 아니라는 말씀이죠?"

"그렇다니까요."

"알겠습니다. 번거롭게 해 드려 죄송합니다."

생각 같아서는 경찰서에 사고 후 도주 차량으로 신고를 해 저 뻔뻔한 놈에게 법의 몽둥이로 응징을 가해야 한다는 마음이 굴뚝같았지만 큰 뜻을 이루기 위해서는 이 정도 사소한 일쯤은 참아야한다고 스스로의 가슴을 어루만졌다.

"아~ 열 받아. 그래도 참자. 제기랄 선거가 뭔지."

아침부터 열이 받은 상태로 사무실에 나갔는데 동네에서 시민운동단체를 이끌고 있다는 사람으로부터 전화가 왔다. 꼭 한번 만나보고 싶다고 했다. 그리고 그가 오후에 사무실을 방문했다. 그는 다짜고짜 용철이에게 출마의 목적을 얘기해 달라고 했다. 내심용철이가 어떤 인물인지 탐색을 하려는 의도 같았다. 용철이가 출마의 목적을 얘기하려는데 그가 먼저 말을 꺼냈다.

"출마하시겠다는 이 지역은 과거와 현재 그리고 미래가 믹스된 매우 델리키트한 곳입니다. 도시와 농촌이 혼합된 도농 지역의 전형적 모델이라고나 할까요. 그래서 선거운동도 타 지역보다 어려울 겁니다. 설사 국회의원이 된다고 하더라도 지역구 관리하기가 매우 디피컬트한 지역이 될 겁니다."

그는 신도시와 구도심이 섞여 있다고 하면 될 말을 영어를 섞어가며 어렵게 설명했다. 용철은 가소로웠지만 모른 척 그의 말을 받았다.

"이 지역의 사정은 저도 대충 알고 있습니다."

그의 기를 살려주기 위해 대충 알고 있다고 겸손을 떨었다. 그러면서 용철이는 정치인이 되어 가고 있는 과정이라고 스스로를 칭찬했다.

"후보님, 10년이면 강산도 변한다는데 제가 이 동네에서 시민운동을 10년 넘게 했어요. 후보님은 이 지역에 오신 지 얼마나 되었나요? 선거를 위해 이사하신 것으로 알고 있는데?"

"이 동네 초등학교 1회 졸업생입니다."

"아아아 그러십니까? 제가 잘못 알고 있었군요. 그러면, 자 보자. 아니 그러면 이 동네에서 30년도 더 사셨다는 말인데."

"맞습니다. 올해로 만 31년째입니다."

"제가 번데기 앞에서 주름을 잡았군요?"

"아닙니다. 그런데 오늘 저를 찾아오신 특별한 이유라도 있으신

지요?"

"사실은 제가 기획사를 하는데요. 앞으로 선거 관련해 일감 좀 부탁드리려고요. 인쇄도 가능합니다."

"잘 알겠습니다. 기억하고 있겠습니다."

자칭 시민운동가인 그는 그날 이후부터 매일 전화를 걸어 일감을 부탁했다. 전화를 받기 싫었지만 받지 않을 수가 없었다.

그의 의도가 너무나 투명하여 화를 내기도 어렵다는 사실에 용철은 한숨을 쉬었다.

호갱1

　　국회의원 예비후보 용철이를 알아보는 주민들이 점점 늘어나면서 용철이의 동네 형님과 누님들도 나날이 늘어났다.

　　동이 틀 때부터 늦은 밤까지 많은 사람과 얘기를 나누다 집에 돌아오면 왠지 모를 외로운 파도가 밀려왔으나 외로움 속에서 내면의 성장이 이루어진다는 믿음으로 스스로를 위로했다. 집 근처 서예 학원에서 수강생들에게 인사를 하고 마지막 일정으로 역시 집 근처에 있는 왁자지껄한 먹자골목을 한 바퀴 돌았다. 자정이 다 돼 귀가했다. 넥타이를 막 풀고 있는데 핸드폰이 울렸다. 모르는 번호였지만 명함을 보고 전화하는 사람이 하루가 다르게 늘고 있어 무조건 받았다. 목소리를 기름져 보이게 하려고 목에 잔뜩 힘을 줬다.

"안녕하세요. 김용철 후보입니다."

"김 후보, 아까 서예학원에서 만났던 김칠승이여."

다짜고짜 반말이었다. 이름과 얼굴이 매칭이 안됐지만 알고 있는 것처럼 대답했다.

"김 선생님, 아직 서예학원이세요?"

"이 사람아 지금 시간이 몇 신데 서예학원이여. 거기에서는 벌써 나왔고. 김 후보 아직 밖에 있으면 내가 표 천 장 가지고 있는 양반 소개 좀 시켜 주려고 하는디. 자네가 사는 아파트 후문에 있는 양념꼬투리갈비집이여. 이리 올랑가?"

"바로 가겠습니다."

용철이는 피곤했지만 꼬투리집으로 쏜살같이 달려갔다.

"어이 김 후보 여기여 여기."

저녁에 서예학원에서 만났던 사람은 맞는데 용철이에게 말을 놓아도 될 만큼 나이가 들어 보이진 않았다. 하지만 나이가 중요한 것이 아니었다. 중요한 것은 천 표였다.

그는 고추장 찍은 멸치를 입에 물고 말했다.

"그냥 용철이라고 불러도 되지? 내가 형 같은디."

"암만요. 편하신 대로 하세요."

"용철이 동상 인사드려. 이분은 나와 같은 조기축구회원인데 천 표를 가지고 있는 사람이여."

천 표가 있다고 소개 받은 사내가 겸연쩍은 듯 웃었다. 정말이
지 천 표를 가지고 있는 것 같았다. 용철이는 천 표에게 깍듯하게
인사했다.

"두 분이 오붓하게 술 한잔하시는데 저를 불러 주셔서 감사합
니다."

천 표 사내는 용철이의 말이 끝나기 무섭게 말을 받았다.

"아이고 별 말씀을. 피곤할 텐데 쉬지 뭐 하러 왔어요."

천 표 사내가 말을 이었다.

"이 동네 이사 온 지 육 개월 됐어요. 김 선생과는 조기축구 하다
가 만났고. 집사람 표, 아들은 표가 없고, 제 표까지 두 표네요."

용철이의 실망한 시선이 김칠승에게로 향하자 김이 말했다.

"두 사람이 열심히 하면 금세 천 표 되는 거여. 동상 안 그런가?"

어이가 없었다.

"자네 내일 또 선거운동 하러 일찍 나가야 할 테니 그만 들어가
쉬어. 오늘 만난 것도 인연인데 앞으로 잘 지내보자고. 그리고 이
술값 좀 계산하고 가지 그래."

자리에서 일어나 계산대 앞에 서 있는 용철에게 김칠승이 큰 소
리로 말했다.

"동상, 계산하는 김에 입가심이나 하고 가게 맥주 서너 병하고
씹을 것도 좀 부탁혀~"

꼼짝없이 당했다!

용철은 자신이 이렇게나 만만한 존재가 된 것에 대해 분노했다.

정치인이란 국회의원이 되기 전까지는 이토록 호구란 말인가?

미래를 위해 어디까지 감수해야 하는 건가. 자신이 너무나 초라하게 느껴졌다.

용철은 터덜터덜 발걸음을 집으로 향하며 하늘을 보고 달을 향해 한숨을 쉬었다.

호갱2

묻지마 산악회의 산행이 끝나고 뒤풀이 중이었다. 김용철 후보
가 다녀가면 좋을 것 같다면서 산악회 총무로부터 연락이 왔다.
그는 이십여 명의 회원들을 이번 기회에 김 후보 팬클럽으로 만들
어 주겠다며 만사를 제쳐 놓고 꼭 와야 한다고 신신당부했다. 용
철이는 뒤풀이 장소인 '부르스메들리'로 부리나케 달려갔다.

지역에서 수십 년 이상 살아온 오륙십 대 어른들이라 지역에 영
향력이 대단하다는 총무의 말에 용철이는 점잖은 컬러의 넥타이
까지 바꿔 매며 잔뜩 신경을 썼다. '부르스메들리' 간판이 보였다.
계단을 따라 이 층으로 올라갔더니 뽕짝노래 소리가 문틈으로 새
어 나왔다. 총무가 용철이를 반갑게 맞았다.

"김 후보 잘 왔어. 이 동네 일당백들 여기 다 모였어. 통장 둘에

반장이 셋이야."

"은혜를 어떻게 갚아야 할지."

"좋은 정치로 보답하면 돼. 어서 들어가자고."

홀에서 풍기는 술과 땀이 뒤섞인 역한 냄새가 용철이의 코를 찔렀다. 이십여 명의 중년 남녀들이 뒤엉켜 블루스를 추고 있었다. 술을 많이 마셨는지 모두들 얼굴이 벌겋다. 총무가 노래를 부르고 있는 여성의 마이크를 강제로 빼앗자 그녀가 혀 꼬인 소리로 화를 냈다.

"뭐 하는 거예욧? 사람 노래 부르고 있는데!"

총무는 아랑곳하지 않고 아예 반주음악까지 꺼 버렸다. 그는 마이크에 입을 대고 큰 소리로 말했다.

"잠깐 여기 주목 좀 해봐요."

사람들은 눈을 껌벅거리며 총무의 말에 귀를 기울였다.

"이번에 우리 동네 국회의원으로 출마하려는 김용철 후보님을 이자리에 모셨습니다. 모두 큰 박수로 우리 김 후보를 환영합시다."

의자에 앉아 있는 사람들과 춤을 추다 멈춘 사람들이 성의 없이 짝다리에 건성박수를 쳤다. 총무는 마이크를 용철이에게 넘겼다. 용철이가 인사말을 하려는데 중년의 여성들이 차라리 노래나 한 곡 하고 가라며 소리를 질렀다. 성화에 못 이겨 노래를 하려는데 딱히 떠오르는 곡이 없었다. 머뭇거리고 있는 용철이에게 한 여성이 블루스를 추자며 달려들었다. 총무는 그 여성을 겨우 떼어내고 용철이에게 귓속말로 인사말 한마디 하고 빨리 나가자고 했다. 용철이가 인사말을 하는 동안에도 사람들은 정신 나간 사람마냥 몸을 흔들고 있었다. 용철이를 데리고 홀을 빠져 나온 총무가 말했다.

"김 후보 이 사람들이 취한 것 같아도 다 기억해. 오늘 김 후보는 땡 잡은 거야 알지?"

"네."

"우리 산악회는 동네에서 좋은 일도 많이 하거든. 그래서 평이 아주 좋아. 그리고 어려운 걸음 한 김에 산악회에 후원 좀 하고 가지."

"네?"

"선거하려면 돈도 많이 들 테니까 부담 안 되게 여기 계산만 좀 해줘. 어이 사장. 우리 지금까지 얼마야?"

용철은 이제 어이가 없음을 넘어서 가출해 버린 지경에 이르렀다.

호갱3

용철이는 재래시장에서 열린 정월대보름맞이 상인 윷놀이대회
장에서 지역 국회의원을 만났다.

"자네가 김용철 보좌관인가?"

"네."

"이번에 출마하려고 한다면서? 그러면 먼저 나를 찾아와 신고
를 했어야지."

국회의원은 수행 중인 자신의 보좌관을 쳐다보며 말했다.

"안 그래 보좌관?"

"그렇습니다. 의원님!"

국회의원은 용철이 들으라고 보좌관에 유난히 악센트를 주어
불렀다. 용철이의 기를 사전에 꺾겠다는 의도였다. 국회의원은 용
철에게 또 말을 걸었다.

"김 보좌관, 아니 김 후보, 내가 지역구 관리를 탄탄하게 하고

있는 것은 알고 있지? 대의원들은 나의 호위무사들이야."

동네 사람들은 국회의원이 도대체가 해 놓은 일이 없다며 수군
수군했지만 이런 분위기를 국회의원 본인만 모르고 있었다. 그저
선거를 위한 조직에만 신경 쓰고 있는 것 같았다.

국회의원은 지구당 조직을 통해 당원관리를 했다. 당원들 가운
데서도 핵심당원을 대의원에 임명했는데 말이 공당의 지역 대의
원일 뿐 실제는 국회의원의 사조직이나 다름없었다. 용철이가 당
의 공천을 받기 위해서는 먼저 대의원들에 대한 공략이 필요했다.
용철이는 대의원들의 명단을 어렵사리 구했다. 이제 한 사람 한
사람 찾아가 그들의 마음을 얻는 길밖에 없었다. 용철은 대의원들
을 그들이 살고 있는 동네별로 구분했다. 하루에 한 동네씩 돌아
다니며 만날 생각이었다. 대의원들은 자영업을 하고 있는 사람들
이 많아 낮에도 찾아가 만날 수 있었다.

가장 먼저 세탁소를 운영하는 나도길 대의원을 찾아가기 위해
전화를 걸었다.
"나 대의원님, 찾아뵈려고 합니다."
"김용철 씨라고요? 괜찮아요. 나한테는 안 와도 돼요."
"잠깐이라도 뵐 수 없을까요?"
"내가 지금 바빠서. 전화 끊습니다. 띠띠띠띠띠—"

용철이는 나도길 대의원 세탁소 근처에서 정육점을 운영하는
김대의 대의원에게 전화를 걸었다.

"찾아뵈어도 될까요?"

"미안해요 내가 지금 바빠서. 띠띠띠띠띠—"

혈압이 올랐다. 용철이는 전화하지 않고 그냥 찾아가는 것으로
전략을 바꿨다.

아구찜가게를 운영하는 박삼대 대의원을 찾아갔다.

"박삼대 대의원님을 뵈러 왔습니다."

"내가 박삼대요만 누구시죠?"

"저는 이번에 국회의원 출마 준비를 하고 있는 김용철입니다."

"아 당신이 김용철 씨구만. 그런데 당신이 현역 국회의원을 이
길 수 있겠어?"

"최선을 다하겠습니다. 도와주십시오."

"최선만 다한다고 될 일이면 나도 벌써 국회의원 하고 있게. 아
무튼 알겠으니 그만 가보쇼."

낌새가 이상했다. 한 곳만 더 찾아가보고 거기도 이런 식이면
전략을 또 수정해야 할 판이었다.

다음 날 꽃가게 사장님인 이선한 대의원을 찾아갔다. 그녀가 용
철에게 말했다.

"김 후보님, 내가 이 말하면 안 되는데. 김 후보님이 너무 안쓰러워서 얘기하네요. 실은 의원님이 전화하셔서 김용철 후보님이 만나자고 하면 피하라고 하셨어요. 그래도 찾아오면 면박 줘서 보내라고 하셨구요. 대의원들을 의원님이 직접 임명하셔서 어쩔 수가 없네요. 이해하세요. 헛걸음 하시는 것 같아서 얘기하는 거예요. 내가 얘기했다고 절대 말하면 안 돼요."

이 망할 놈이! 그럴 줄 알았다. 뭔가 꿍꿍이가 있었던 것이다. 이대로는 아무 일도 진행될 리가 없었다. 용철은 돌파구를 찾기 위해 고심했다.

하늘이 무너져도 솟아날 구멍은 있다고 했던가. 기초의원 공천에서 탈락해 평소 국회의원에게 앙심을 품고 있던 사람이 용철에게 고급정보를 흘렸다. 대의원들 가운데 당력이 오래되어 국회의원도 함부로 대하지 못하는 자들이 몇 있는데, 이 사람들과는 차라리 대화가 될 것이라는 내용이었다. 용철은 전략을 다시 수정했다. 당력이 오래된 자신들을 대접해 주지 않는다며 국회의원을 몰아내고 지구당 당권을 장악하려는 원로 대의원들을 포섭하기로 했다. 그 가운데 두 명의 원로는 이미 세 명의 국회의원과 함께 지냈던 그야말로 원로 중에서도 상 원로였다. 최고령 원로 어르신께 우선 전화를 걸었다.

"내가 이미 얘기는 듣고 있네."

수화기 너머로 들려오는 목소리에서 범상치 않은 포스가 느껴졌다.

"내일 오전 7시에 삼거리 약속다방에서 만나세."

"그 시간에 다방 문을 여는지요?"

"이 사람아 문 닫은 다방에서 만나자고 할까 봐. 약속다방은 7시에 문 열어."

다방 문 여는 시간까지 꿰고 있는 것으로 보아 이 양반은 약속다방에서 정치를 하는 것 같았다.

다음 날 약속다방 맨 안쪽에 있는 푹신한 소파에 마주 앉았다.

"준비는 잘 되어 있는가?"

"사무실도 열었습니다."

"갑갑하구만. 사무실 그런 거 말고 다른 준비. 실탄 말이야 실탄."

아, 실탄… 잊고 있었다. 자신이 예전에 의원님을 모시면서 무엇을 겪고 보았는지 말이다.

만나자마자 돈 얘기부터 시작한 그는 말을 이었다.

"정치는 실탄 없이는 못 하네. 준비가 안 되어 있다면 일찌감치 포기하게. 대신 준비만 되어 있다면 내가 만들어 줄 수가 있지."

이자가 돈을 밝힌다는 것은 이미 들어 알고는 있었지만 이렇게 노골적으로 돈 타령을 할 줄은 몰랐다. 일단 이자는 패싱하기로 했다.

용철이는 '넘버투'에 기대를 거는 수밖에 없었다. 다음 양반은 최고령 어르신보다는 젊으니 개혁적일수도 있을 것이라고 내심 최면을 걸었다.

다음 날 그를 치킨집에서 만났다. 다방이 아니고 치킨집에서 보자고 하는 것으로 보아 전날 노인네보다는 왠지 대화가 될 것이라는 믿음이 굳어졌다.

"어이 김 후보. 지금 대의원의 삼분의 이를 내가 만든 거여. 이 자들을 움직이려면 실탄이 필요혀. 대의원 머리 하나당 다섯 개는 필요하걸랑. 대의원 수 곱하기 다섯 개네. 시간이 없어. 하루라도 빨리 작업을 시작해야 하니까 내일까지 보내게. 사실 지금 국회의원도 내가 만든 거여. 그리고 말이 나온 김에 한마디 더 함세. 내가 경제에 굉장히 밝네. 왕년에 사업도 크게 했고. 지금도 젊은 애들보다 머리가 팍팍 돌아가. 요즘 신문 방송에서 맨날 떠드는 그거 뭐여 그거."
"뭐 말씀이십니까?"
"사차원."
"사차원이요?"
"그래 내가 이 지역 지구당 사차원위원장이여 사차원위원장."
"사차원위원장이라구요? 사차산업위원장 말씀하시는 건가요?"
"그려, 사차원이나 사차산업이나 그게 그거여. 아무튼 내가 서

두에 한 말은 명심하게. 칼을 뽑았으니 필승허여지. 그리고 남은 치킨은 내가 가져감세. 어이 사장. 이거 포장."

어제 노인네가 차라리 나았다.

호갱4

용철이는 동네신문 발행인으로부터 연락을 받았다.

"김용철 후보님이시죠. 저는 동네신문 대표 겸 발행인입니다. 저희 신문과 인터뷰 한번 하시죠."

"귀한 지면을 허락해 주신다니 감사합니다."

인터뷰는 동네신문 사무실에서 진행되었다. 사진도 동네신문 대표가 자신의 스마트폰으로 몇 장 찍었다. 다음 날 용철이의 인터뷰가 실렸다고 신문사 대표로부터 전화가 왔다. 용철이는 신문을 어디서 구할 수 있는지 물어보자 기다렸다는 듯 대표가 대답했다.

"몇 부가 필요하세요? 최소한 만 부 정도는 돼야겠죠?"

"한 부면 되는데요."

"농담하시는 거죠?"

"네?"

"이 양반 갑갑하네. 인터뷰를 했으면 적어도 만 부 정도는 사주어야 하는 것 아닙니까? 몇 부 필요하다고 얘기를 해 줘야 신문을 찍지요."

당황한 용철이가 입술에 침을 바르고 정중하게 말했다.

"인터뷰를 대가로 신문을 대량 구매하면 선거법에 저촉될 수도 있습니다. 대신 당선이 되면 지역신문들의 권익을 위해 노력하겠습니다."

그는 용철이의 얘기를 들으려고 하지도 않았다.

"이 양반이 장난하나. 후회하지 마쇼. 완전 벽창호구만."

용철이와 경쟁하고 있는 후보들의 인터뷰가 동네신문에 실렸다.

얼마 후 동네신문에서 후보들의 지지율 여론조사를 돌리고 있다는 소문이 들렸다.

그동안 신문지면에 인터뷰가 나갔던 후보들이 여론조사 대상으로 이름을 올렸고, 용철이의 이름은 쏙 빠졌다.

미치고 팔짝 뛸 일이었다. 이런 식으로 보복을 하다니 참 구질구질하구나 싶었다. 이름조차 올리지 않다니, 자신의 존재가 부정당한 느낌이었다. 이래서는 이름 석 자도 주민들에게 알리지 못하게 될 판이었다. 신문사에 전화를 걸었다. 신호음이 간 뒤 딸깍 수화기를 드는 소리가 들렸다.

"이래도 되는 겁니까?"

용철이는 낮은 목소리로 으르렁거렸다.

그의 목소리를 알아들은 신문사 대표가 어이없다는 듯 말을 받았다.

"이렇게 될 줄 몰랐습니까? 그러게 왜 그렇게 바보같이 굴어요."

"제 입장 충분히 설명하지 않았습니까? 대놓고 부정을 저지르란 말입니까?"

"부정은 이 사람아! 누굴 범죄자 만들고 있어? 다 상부상조하는 거고 당연한 관례인 겁니다. 쯧쯧, 정치한다는 사람이 이렇게 실리에 어두워서야 되겠습니까?"

그는 조금의 죄책감도 없이 뻔뻔하게 말했다. 그에게 있어 이 상황은 부정부패가 아닌 실리였다. 용철 혼자 아무것도 모르는 어린아이가 된 것이었다.

용철은 더 이상의 대화가 불가능하다는 것을 깨닫고 수화기를 내려놓았다. 한숨이 나왔다.

호갱 탈출

"김용철 후보는 돈이 없어 여론조사에 끼지도 못했다는데."

"아녀 아녀 돈이 없는 것이 아니고 꼴등은 빼고 돌렸댜."

"돈이 없어서 꼴등 된 건 아니고?"

"듣고 보니 그라네. 자네 보기보다 똑똑허네."

동네신문에서 소문을 퍼뜨렸는지 이런 얘기들이 지역에 퍼지고 있었다.

동네신문은 여론조사 결과를 1면에 대문짝만하게 찍어 살포했다. 평소에는 동네신문이 언제 나오는지, 어디에서 구할 수 있는지 도무지 알 수가 없었는데 이번에는 길바닥에서 신문이 발에 채일 정도였다. 아르바이트까지 동원해 신문을 동네 구석구석까지 뿌렸다. 알바들이 손수레에 신문을 가득 싣고 골목을 누비면서 집집마다 우체통에 신문을 집어넣었다. 대로변 점포는 물론 골목 구멍가게 문틈 사이로 신문을 밀어 넣었다.

"용철아. 네 이름은 왜 없는 거야?"

신문이 동네에 살포된 날 용철이 전화통은 불이 났다. 왜 여론
조사에 이름을 올리지 못했냐고 물어왔다. 신문을 사주지 못해 그
런 것 같다는 말을 차마 할 수 없었다. 그렇다고 다른 후보들은 신
문을 사주어 여론조사에 이름을 올렸다고 말할 수도 없었다. 동네
신문에서 허위사실을 퍼뜨렸다고 고소라도 하면 심증만으로 대응
할 수도 없었다. 용철이를 돕고 있는 친구가 말했다.

"이런 경우를 설상가상(雪上加霜)이라고 하는 거냐?"

국회의원 출마를 위해 모아 두었던 돈도 예상보다 빨리 없어졌다.
몰려드는 똥파리와 하이에나들이 의외로 많았다. 곶감 꼬치에서
곶감 빼먹듯이 써 버려 화수분이 아닌 이상 바닥이 보이기 시작했다.
돈은 끈 끊어진 갓처럼 날아갔다. 용철이는 이래저래 걱정이 많
았다.

용철이를 도와주던 친구가 선거법 위반으로 경찰 조사를 받았다.
후보만 들게끔 되어 있는 피켓을 용철에게 전해주던 찰나에 길 건
너편에서 이를 노리고 있던 경쟁 후보 측 카메라에 찍혔다.

이래저래 용철은 기운이 빠졌다. 국회의원 본 선거는 고사하고

당의 후보를 결정하기 위한 경선을 앞두고 실탄도 열정도 바닥이 드러나고 있었다. 정치인에게 가장 중요한 무기는 권력의지라고 들었는데 선거운동을 시작하고 이리저리 치이면서 용철이는 스스로 권력의지가 없음에 실망했다.

용철이의 울적한 마음을 달래주려는 친구가 사무실에 술자리를 마련했다. 용철이가 좋아하는 돼지머리고기와 홍어무침까지 있었다. 밤늦도록 술을 마셨다. 친구는 아무런 말도 하지 않고 용철이의 빈 술잔만 채워 주었다.

일찍 집에 왔다. 오랜만이었다. 거실의 미등만이 켜져 있고 소유와 딸은 자고 있었다. 냉장고에서 시원한 물을 컵에 가득 따라 소파에 앉아 한 번에 들이켰다. 정신이 맑아지는 것 같았다. 그리고 자신을 호갱의 우리 안에서 탈출시키기로 결심했다.

'그래 나는 권력의지가 없는 것이 아니다. 야합(野合)이 싫은 게다. 허허벌판에서 교접하는 것이 야합 아닌가. 부끄러움을 모르는 것이 싫은 것이다. 그래 권력의지가 없는 것이 아니고 야합이 싫은 것이다.'

'밑져야 본전이다. 내가 그동안 해온 것이 무엇인데 여기서 질 쏘냐.'

어두운 거실 안에서 용철의 두 눈이 형형히 빛났다.

다음 날 사무실에 앉아 주위를 둘러보았다. 책장 가득한 책들이 용철이를 비웃고 있는 것 같았다. 순간 용철은 내면 가득한 먹물을 빼야겠다는 욕구가 솟았다. 친구와 함께 인근 고물상에서 리어카를 빌려왔다. 그리고 책장에 꽂혀 있는 책들을 모두 꺼내어 리어카에 실었다.

"용철아, 이 많은 책을 버리려니 아깝다."
"아니야 먹물을 빼기 위해서 읽지도 않는 장식장의 책들부터 치워버려야겠어."
책으로 가득 찬 리어카를 앞에서 친구가 끌고 뒤에서 용철이가 밀었다. 어릴 때부터 모아 온 책이었지만 그 순간만큼은 아무 미련이 없었다.
고물상 주인이 말했다.
"무게를 달아 종이 값이라도 쳐 드리리다."
고물상 주인은 편지봉투에 지폐와 동전까지 넣었다.

리어카를 끌어준 친구와 함께 동네 사람들이 세느강이라고 부르는 개천으로 달려갔다. 천변에 막걸리를 파는 집이 있었다. 어느 대통령이 유난히 좋아했던 바로 그 막걸리를 판매한다 하여 가게 이름도 '대통령막걸리집'이었다.

용철이와 친구는 먹물을 판 돈으로 대통령막걸리를 마시며 나라의 안녕과 태평성대를 기원했다. 서쪽 하늘 석양이 유난히 붉었다.

책들을 없애고 나니 회한이 밀려왔다. 나는 지금껏 무엇을 위해 살아왔던 건가. 정치판에서 구른 지도 꽤 되었는데 아직도 실체를 파악하지 못한 자신이 실망스러웠다. 한편으로는 안도하기도 했다. 자신이 아직 그만큼 순수하기에 그런 거라고 생각하니 유치한 뿌듯함이 솟아났기 때문이다. 순수함을 유지한다는 것은 각박한 세상에서, 그것도 정치판에서 살아남는 데 있어 정말 지키기 어려운 조건이자 때로는 단점이었지만, 그럼에도 용철은 순수함을 지키는 정치인이 되고 싶었다. 결국 그 순수함이 올바른 정치를 할 수 있게 도울 거라고 믿었다.

의원님이 떠올랐다. 의원님은 내공 있는 정치인이었다. 하지만 그 역시 부패를 피할 수는 없었다. 처음부터 그랬던 건지, 서서히 그렇게 되어간 것인지는 모르겠지만 의원님을 생각할 때마다 씁쓸한 기분이 드는 것은 어쩔 수가 없었다.

'나도 그렇게 되어야 한단 말인가?'

그를 직접 옆에서 모시고 일거수일투족을 함께한 사람으로서 이러한 질문은 스스로에 대한 배신 같았다. 하지만 꼭 던져야 할 질문이기도 했다. 용철의 앞으로의 방향을 결정하는 물음이 될 것이므로….

오늘 자신은 책장에 있는 책들을 비웠다. 이것은 무엇을 뜻하는 것일까. 가식을 던져버린 걸까?

그래도 후회는 없었다. 용철은 석양을 바라보며 잔을 기울였다. 씁쓸한 뒷맛이 느껴졌다. 용철은 다시 태어날 것이다. 그는 그렇게 맹세하며 인사하듯 건배를 했다.

'여의도정치' 현장관찰 생생기록

배병휴
전) 매일경제신문 주필

'국회외전'(國會外戰)이라니 의회정치의 본관인 국회의사당 밖에서 벌어지는 정치 장면을 뜻할 것이다.

저자가 국회의원 보좌관으로 '여의도정치'의 현장을 오랫동안 목격한 관찰자이다. 한마디로 '국회외전'이란 부정, 부패로 뒤얽힌 돈과 권력의 난장판쯤으로 지적된다. 저자가 이를 소설형식을 빌어 고발한 실전형 글이다. 저자는 평소 학식과 인격으로 존경받을 만한 분들이 국회에 들어가면 모두 쌍욕을 먹는 것이 바로 잘못된 정치풍토 때문이라고 규정한다.

소설 속의 주인공 '용철'은 가난한 태생으로 학창시절 1등의 성적으로 반장이 됐지만 학교 선생님의 불공정, 차별교육을 경험한다. 또 부잣집 딸로 무법자처럼 행세한 학우의 어머니가 담임선생에게 돈 봉투를 건네는 장면도 목격한다. 군에 입대하여 최전방에 근무할 때 심술궂은 내무반 고참의 등쌀에 시달린 전우가 의문사하여 이를 중대장에게 고발했지만 오히려 핀잔만 받았다. 중대장이 "그는 정·재계와 연줄이 닿는 병사"라며 그냥 단순 안전사고로 처리하는 것을 보고 '이건 결코 아니야'라고 생각했다.

대기업에 입사했다가 6개월 만에 퇴사하고 목적 없이 도서관을 들락거리던 시절, 주일예배 후 난생처음으로 국회의원과 악수할 기회가 있었다. 그때 "시간 나면 의원회관으로 한번 오라"는 한마디를 듣고 국회의원 보좌관이 되어 여의도정치의 겉과 속을 들여다보게 됐다.

국회의원이란 입법권과 국가예산 심의권을 행사하는 명예와 권력이 너무나 막강하다. 반면에 늘 표밭갈이로 상갓집 조문 등으로 뛰다 보면 자정이 넘어 귀가하는 팔자다. 이 같은 국회의원을 보좌하고 수행하는 비서역의 고달픔과 중노동은 말할 필요가 없다.

국회의원이 국민 세금 낭비하는 공무원을 꾸짖고 정부기관 입법 로비와 민간단체들의 각종 청원을 처리하는 활동은 매우 감동적이고 위력적이다.

무엇보다 매년 예산심의에 앞서 정부기관 업무를 자세히 들여다보는 국정감사 활동이 가장 빛난다. 자연히 의원 보좌관들도 바쁜 기간이라 국정에 간접적으로 참여하는 보람도 느낀다.

주인공 용철은 대통령 선거철이 다가와 보좌하던 의원 덕으로 대선 캠프에 한발을 올려 후보 전용버스에 동승하여 전국을 누비는 정치행사를 참관할 수 있었다. 마침내 대선 결과는 승리였다. 이 결과 보좌해 온 의원이 당선인 최측근으로 신생 최고권력의 실세로 꼽혔다. 이에 순식간에 온갖 민원과 면담요청이 쇄도했다. 면담 민원이란 건축, 사건처리, 승진, 대출, 취업 알선 등 가지각

색으로 넘쳤다. 덩달아 보좌관을 만나자는 민원도 쏟아져 들어와 하룻저녁 식사를 세 차례나 하고 핸드폰 배터리를 3번씩 충전해야 할 만큼 반짝 분주하기도 했다.

선거기간 중 열심히 뛴 사람들이 대통령직 인수위에 참여하기 위해 다투고 어떤 이는 "BH(청와대) 간다"는 소문도 나왔다. 그로부터 보좌했던 의원은 집권당의 실세로 좋았던 시절을 누렸다. 그러나 5년 세월도 금방처럼 지나갔다. 뜻밖에도 모셨던 의원이 다음 총선에서 낙선하여 실로 '돌고 도는 세상'임을 실감해야만 했다.

결국 이런저런 정치현장 참관 및 관찰기록이 넘쳐 '국회외전'을 엮어 정치지망생들에게 조언을 보내고 싶었다. 저자는 돈, 권력, 학벌, 인맥 등으로 국민과 국정을 가지고 노는 뒤죽박죽 여의도정치가 개선되지 않는 한 국회외전은 지속될 수밖에 없을 것이라고 말해 준다.

나라가 나아갈 길을 제시하는
국회의원의 숙명!

권선복

도서출판 행복에너지 대표이사

국회의원은 모순적인 직업입니다. 누구보다 청렴하고 깨끗해야 하지만 뒤로는 어두운 뒷거래가 이루어지기도 하고, 정직함은 거짓에 가려지고 서로 짜고 치는 게임이 판을 치기도 하지요. 그렇기에 정치인으로서 오로지 국가와 국민을 위해 순수함을 지킨다는 것은 정말 어려운 일일지도 모릅니다.

이 책의 주인공 용철도 국회의원을 보좌하는 자리에서 온갖 권모술수를 목격합니다. 소위 말하는 '실탄'이라 불리는 선거자금의 운용과 각종 비리 청탁까지….

책은 그저 무덤덤하게 용철이 경험하는 정치계의 뒷모습을 조망합니다. 너무나 자연스럽게 진행되는 사건들이기에 더 생생한 현실임이 실감납니다.

저자는 실제로 보좌관과 정당의 당직자로 오랜 시간 정치 현장에 몸담아 온 사람입니다. 본인이 보고 듣고 느낀 것을 소설화하여 우리 시대의 정치를 풍자하고 있습니다. 씁쓸함을 감출 수가 없습니다.

과연 옳은 정치란 무엇이고, 어디까지가 허용되는 것이고 어디부터가 권력의 오남용인 것일까요!

책에는 용철이 권력자로서 부당한 일을 올바르게 처리해 주는 장면도 등장합니다. 이런 것을 보면 확실히 서민을 위해 제대로 행사되는 권력은 정의롭고 아름다울 수 있다는 것을 알 수 있습니다.

권력은 사회의 정의롭지 못한 고통을 경감시키는 데 사용되어야 합니다.

더 가진 자가 못 가진 자를 위해 베푸는 삶, 조금의 불의도 허용치 않는 삶, 복지와 성장이 함께 어우러지는 삶….

그러한 삶을 위해 싸워야 할 투사가 바로 국회의원인 것입니다.

소설은 용철이 책장에 가득 찬 책을 전부 치워버리는 것으로 끝을 맺습니다.

'먹물'을 빼내고자 그렇게 했다는 용철의 마음가짐은 무엇을 의미하는 것일까요. 그는 더욱 세속적인 정치인이 될까요? 아니면 신념을 가지고 야합하지 않는 정치인이 될까요?

열린 결말을 통해 많은 것을 생각해 볼 수 있는 '국회외전'이었습니다.

대통령 선거가 끝나고 이제 새 정권이 들어설 날이 머지않았습니다.

우리 국민들은 정치계를 주시하며 제대로 국가와 국민을 위한 정치가 이루어지고 있는지 주시해야 할 것입니다. 그래서 더욱 높이 나는 대한민국이 될 수 있기를 소망합니다.

본서를 통해 '진정한 정치는 어떠해야 하는가'에 대한 해답을 얻을 수 있기를 바라며, 이제 날이 풀려 따스함이 찾아오는 3월에 뻑듯한 마음으로 본서를 내놓습니다.

모두 행복한 나날이 되시기를 빕니다!
감사합니다.

김태춘의 보물찾기

김태춘 지음 | 값 20,000원

본서는 38년간 공무원 생활을 하고 이제 의왕시 시장으로 새로운 출발을 꿈꾸는 김태춘의 지금까지의 발걸음을 기록한 자서전이다. 그가 살아온 인생역정과 그가 이룬 봉사의 과정을 기술하는 글에는 자신감과 노력이 생생히 깃들어 있다. 본서를 통해 멋진 공무원의 모습과 한 사람의 열정이 사회에 미치는 선순환을 발견하고 그와 같은 삶을 벤치마킹할 수 있을 것이다.

국방혁신 4.0의 비전과 방책

정춘일 지음 | 값 25,000원

본서는 21세기의 전쟁 패러다임과 군사력이 어떻게 전환될 것인지를 분석한다. 우선, 오늘날 가속화되고 있는 정보통신혁명의 군사적 파장 및 군사혁신의 개념을 살펴보고 21세기의 전쟁 수행 개념과 방식을 예고해 준 걸프전쟁을 군사혁신 관점에서 분석한다. 끝으로 전쟁 및 군사 패러다임의 새로운 발전 경향을 구체적으로 고찰하며 한국군이 걸어야 할 길과 롤모델을 제시하고 있다.

영혼을 채우는 마음 한 그릇

정재원 지음 | 값 14,500원

이 책은 다양한 스트레스를 마주하는 현대인들에게 도움이 될 수 있는 '마음 돌아보기' 에세이집이다. 상처 입은 내면아이를 마주하고 감정을 정리하고 치유하는 방법을 따뜻한 조언으로 건네는 책은 각 장에 걸쳐 마음을 단련하고 보듬는 과정을 차례차례 들려주는 한편, 다양한 예시를 들며 우리의 일상생활과 밀접한 관련이 있는 환경과 주제들을 끌어와 이해하기 쉽고 공감이 가도록 이야기한다.

무슨 사연이 있어 왔는지 들어나 봅시다

손상하 지음 | 값 25,000원

전직 외교관이 외교현장에서 직접 겪은 생생한 이야기를 가감 없이 소개하는 흥미진진한 수필집이다. 첩보 영화를 방불케 하는 외교 작전에서부터 우리가 모르는 외교현장의 뒷이야기, 깊은 인간적 비애가 느껴지는 역사의 한 무대까지 저자의 생각과 여정을 따라가다 보면 마치 현장에 와 있는 것만 같은 실감과 함께 세계 속 대한민국의 위치를 돌아볼 수 있는 사색을 제공할 것이다.

한 권으로 종결하는 약국 브랜딩

심현진 지음 | 값 17,000원

600명 이상의 약사 회원을 단 6개월 만에 끌어들이며 다양한 채널을 통해 많은 약사들의 멘토로 활약 중인 저자 심현진 약사는 경쟁사회 속에서 살아남는 유일한 방법은 차별화된 퍼스널 브랜딩이라고 단언한다. 경험에 기반한 퍼스널 브랜딩의 명확한 가이드라인을 제시하는 한편 약사라는 직업에 대한 깊은 고찰을 바탕으로 모두가 함께 승리자가 될 수 있는 방법을 제시하는 점이 인상적이다.

우리 가족과 코로나19

이승직, 박희순, 류동원 지음 | 값 17,000원

제천에서 강의와 기업컨설팅을 진행하며 평범한 생활을 하고 있던 저자가 예상치 못하게 코로나19에 감염되어 격리입원한 후 약 한 달여간의 치료 및 회복 기록을 기반으로 작성한 이 투병 수기는 세계적인 미증유(未曾有)의 난국을 이겨내는 데에 있어서 가족, 이웃 그리고 사람들 간의 연대와 따뜻한 마음의 나눔이 얼마나 소중한지에 대해서 이야기하고 있다.

번아웃: 이론, 사례 및 대응전략

이명호, 성기정 지음 | 값 25,000원

최근 사회적으로 큰 이슈를 불러일으키고 있는 '번아웃 증후군'에 학문적으로 접근하여 이론적인 기반을 세우는 한편 사례조사를 통한 대응 원칙을 세우는 것을 목표로 하고 있는 책이다. 번아웃의 원인, 결과, 그리고 이에 대한 대응전략이라는 큰 틀 속에서 번아웃의 증상을 유형화하고, 번아웃 이론을 소개하였으며, 번아웃의 측정문제를 다루었다. 특히 의사들을 연구대상으로 한 저자의 박사학위논문 연구결과를 사례로 제시하여 현장성을 높였다.

초심으로 읽는 글로벌 시대 손자兵法 해설

신병호 지음 | 값 25,000원

이 책은 2500년이 지나도 그 가치가 퇴색되지 않는 고전 중의 고전, 손자병법을 깔끔한 해설과 학습자료를 구비하여 재탄생시킨 저서이다. 저자 신병호 장군의 군 복무 및 강의 경력에 기반해 한글뿐만 아니라 중국어 원문과 영어해석을 곁들이고 '러블리팁'과 오늘의 사유(思惟)를 통해 자기계발과 인문학적 지식을 모두 가져갈 수 있도록 돕는 신개념의 손자병법 해설서다.

리콴유가 전하는 이중언어 교육 이야기

리콴유 지음, 송바우나 옮김 | 값 22,000원

이번에 번역 출간되는 『리콴유가 전하는 이중언어 교육 이야기』는 리콴유 초대 싱가포르 총리가 싱가포르 건국 후 적지 않은 반대에도 불구하고 싱가포르를 이중언어 사용 국가로 변모시켜 나가는 과정, 그리고 그 후의 평가를 담고 있다. 비록 많은 점이 다르긴 하나 정치, 경제, 문화의 세 가지 차원에서 과감하게 전개된 싱가포르 이중언어 교육 정책의 역사는 대한민국에도 큰 화두가 될 수 있을 것이다.

'행복에너지'의 해피 대한민국 프로젝트!
〈모교 책 보내기 운동〉

대한민국의 뿌리, 대한민국의 미래 **청소년·청년**들에게 **책**을 보내주세요.

많은 학교의 도서관이 가난해지고 있습니다. 그만큼 많은 학생들의 마음 또한 가난해지고 있습니다. 학교 도서관에는 색이 바래고 찢어진 책들이 나뒹굽니다. 더럽고 먼지만 앉은 책을 과연 누가 읽고 싶어 할까요? 게임과 스마트폰에 중독된 초·중고생들. 입시의 문턱 앞에서 문제집에만 매달리는 고등학생들. 험난한 취업 준비에 책 읽을 시간조차 없는 대학생들. 아무런 꿈도 없이 정해진 길을 따라서만 가는 젊은이들이 과연 대한민국을 이끌 수 있을까요?

한 권의 책은 한 사람의 인생을 바꾸는 힘을 가지고 있습니다. 한 사람의 인생이 바뀌면 한 나라의 국운이 바뀝니다. **저희 행복에너지에서는 베스트셀러와 각종 기관에서 우수도서로 선정된 도서를 중심으로 〈모교 책 보내기 운동〉을 펼치고 있습니다.** 대한민국의 미래, 젊은이들에게 좋은 책을 보내주십시오. 독자 여러분의 자랑스러운 모교에 보내진 한 권의 책은 더 크게 성장할 대한민국의 발판이 될 것입니다.

도서출판 행복에너지를 성원해주시는 독자 여러분의 많은 관심과 참여 부탁드리겠습니다.

도서출판 **행복에너지** 임직원 일동

Memo

Memo